著

聖
故
鄉

中國廣播影視出版社

图书在版编目（CIP）数据

朝圣故乡 / 诸雄潮著 . -- 北京 ：中国广播影视出版社，2019.11（2024.4重印）
ISBN 978-7-5043-8333-4

Ⅰ . ①朝… Ⅱ . ①诸… Ⅲ . ①随笔－作品集－中国－当代 Ⅳ . ① I267.1

中国版本图书馆 CIP 数据核字 (2019) 第 189377 号

朝圣故乡

诸雄潮　著

责任编辑	许珊珊
装帧设计	嘉信一丁

出版发行	**中国广播影视出版社**
电　　话	010－86093580　　010－86093583
社　　址	北京市西城区真武庙二条 9 号
邮　　编	100045
网　　址	www.crtp.com.cn
电子信箱	crtp8@sina.com

经　　销	全国各地新华书店
印　　刷	永清县晔盛亚胶印有限公司

开　　本	880 毫米 ×1230 毫米　1/32
字　　数	180(千) 字
印　　张	8.25
版　　次	2019 年 11 月第 1 版　2024 年 4 月第 2 次印刷

书　　号	ISBN 978-7-5043-8333-4
定　　价	30.00 元

目　录

⋮

第八章
乐在其他

第一章

情在故乡

朝圣故乡

故乡武进名人辈出，且多大家。著名的有：常州三杰瞿秋白、张太雷、恽代英；七君子中的李公朴、史良；与戚继光齐名的抗倭英雄唐荆川；文化名人昭明太子；清代大诗人黄景仁、大史学家赵翼、大学者洪亮吉；著名医学家有费伯雄、丁甘仁、吴阶平；文学家有洪深、《官场现形记》的作者李宝嘉；大语言学家赵元任；大实业家盛宣怀；大侠展昭；大画家刘海粟；大歌唱家周璇等，著名的言情小说家琼瑶也是半个武进人。

小时候不知故乡有如此多的人物，现在感觉像是满天星斗，稍一回望，便满心豁亮，甚感天地钟情于斯。凭太湖依长江，穿运河过铁道，望南京接上海，坦荡大平原上孕育了如此众多的英才。我现在每次回故乡，就去拜访一位名人的故居。朋友笑我，以这样的速度，恐怕到了老到走不动的地步也拜访不完。这是真话。武进名人有几百上千位，仅进士就有 1546 位，全国第一。还有 9 位状元，大小皇帝也有 15 个。还有常州学派、阳湖文派、常州画派、常州词派、孟河医派，真是星河灿烂！无怪龚自珍赞叹道："天下名士有部落，东南无与常匹俦。"

武进撤市成为常州的两个区之后，它的地理概念有点混淆，现在一般只称常州了。常州的院士在全国城市中占据第四位，而居前三位的上海、苏州、宁波的人口总数都在它一倍到五倍以上。每次回故乡，如同朝圣一般。家乡在武进横林，地处常州无锡交界处，离常州市和无锡市距离差不多。所以从上海出发，在无锡下车更方便。虽然每次回故乡，只去参观一位名人故居。但每次回家的路上，却会顺路拜望几位先贤。回家车过礼舍，再过余巷。礼舍离我老家三五里地，却属于无锡。一条小街出了中国两位泰斗级的经济学家孙冶方、薛暮桥，他们影响了半个世纪的中国经济，真是让人高山仰止。一条古朴的小街，我每次用很长时间，走走看看，沐浴文化之风。再往前，就是余巷，余巷与我老家是邻村，属于武进横林镇，这里则有冯仲云、冯铉，冯仲云曾任水利部副部长，冯铉曾任中联部副部长，他们是老一辈的无产阶级革命家。武进历来富裕，也尚武。这里出过武术大家白太官，也有独具特点的板凳拳。家乡的革命者不是因为没有饭吃而走上革命道路的，他们是为了全中国人民的幸福而舍弃了自己相对较优越的日子而去革命的。

每次回故乡，都像朝圣。拜访名人故居回来，自己仿佛也沾了许多灵气。天地在胸，灵秀孕怀。不禁感叹：武进出进士，常州要常走。

天目青睐常州

天目青睐常州。

我不知道天上是哪颗星星青睐常州，但天上一定有一颗星星垂青常州，那颗星一定如同天目。

我是常州人。我能感受到受天目关注的常州所发出的温润。

江南谱牒发达，我乡也是如此。据《毗陵欧阳里诸氏家谱》记载，武进诸姓始迁祖仲宾公生于明洪武三十七年。元时诸氏居昆山，再往上续的是春秋时代越国大夫诸稽郢，但这无确史可考。诸氏在武进横林诸家塘已经居住超过六百年了，支系散居周邻各县。我是第二十代，说常州是我家乡是一点没有错的。

虽然从我爷爷辈开始，我家已经迁居上海，而我本人从复旦大学毕业后，又来到北京工作，但我的孩子的籍贯依然填写的是江苏武进。只是，自武进由县变区后，我的籍贯就由武进县"晋升"到常州市了。上海和北京，都是我各居住长达几十年的城市，但是常州才是我的家乡。我有时开玩笑说，上海、北京、江苏、浙江，中国最好的四个地方，我全占齐了。但我以常州为骄傲，也以自己是常州人为骄傲。

常州人才辈出，文风盛行。既出皇帝，也出编撰，更出进士。我曾在中央电台与常州电台合作的大型直播节目《城市新跨越》中为江苏拟联："大江大海大河大湖大平原，名都名城名镇名村名人群"。在整个中国，拥有这些特质的省区只有江苏，而常州，就是镶嵌在苏南大地上的一颗明珠。我为常州作了一副对联："十五状元十五帝，第一编撰第一人。"十五状元十五帝，意思明确。第一编撰是说《昭明文选》《永乐大典》《中国大百科全书》的主编均是常州人。第一人则是指常州在各方都出第一流的人物，皇帝当然也是第一人了。其实，皇帝并不足奇，常州虽称"龙城"，但那几个皇帝大都属于泛泛之辈。常州1947个进士如同满天星斗，尤其是武进县的1546进士更是在全国的县域里排名第一。常州各方面都出第一流的人物是不争的事实：抗倭英雄唐荆川；革命家瞿秋白、张太雷、恽代英；文字训诂学家段玉裁；经学家孙星衍；数学家华罗庚；医学家费伯雄、丁甘仁；大律师史良；社会活动家李公朴；画家恽寿平、刘海粟；史学家赵翼、吕思勉；语言学家赵元任；实业家盛宣怀；武学家展昭；歌唱家周璇，等等，无一不是他们那个时代的第一流人物。

更难能可贵的常州群星灿烂，竟汇集成了常州五派。所谓"五派"，即庄存与、刘逢禄所立以"经世致用"为核心理论的常州学派，恽敬、张惠言倡以"以学济文"为文风的阳湖文派，张惠言、周济以"意内言外、意有寄托"为宗旨的常州词派，恽南田以自创之"没骨技法"为标志的常州画派，以费伯雄、马培之、巢崇山、丁甘仁等四大医家为代表的孟河医派。一座城市而有五派，这是中国各地是绝无仅有的。我们不能不为常州这座城市感到骄傲。

天目青睐常州，而常州恰有天目湖，更为上苍惠顾常州作了佐证。也许天目湖就是苍天的眼睛吧，它垂青常州，化作为湖，与长江、西太湖、大运河等一起，在常州的大地上布满生命的经络，旱则浇，涝之蓄，保佑着中吴要辅的苍生黎民为中华文明增添光彩。

直播常州

5月9日16点到17点，中央人民广播电台华夏之声与常州电台联合直播《城市新跨越——龙腾常州》。嘉宾和连线听众中，有市领导、专家、香港企业家、学者、香港电台的记者、听众等。此节目12日12点到13点在香港电台也播出，因此也引起了香港同行和听众的关注。

在中国，拥有"大江大海大河大湖大平原，名都名城名镇名村名人群"的省区只有江苏。而常州，是镶嵌在苏南大地上的一颗明珠。人们这样形容常州："中吴隆起龙城千年郡望，巨子叠出毗陵万百名流。"

常州经济发达：2011年常州GDP超3600亿元，户籍人均水平超过1.2万美元，居全国第15位。在《2009年中国城市竞争力蓝皮书：中国城市竞争力报告》中，常州居"2009中国城市政府创新能力"榜首，同时位列"2009中国城市政府服务能力"全国第三。人民幸福：常州在287个城市中GDP排名第五，而城市居民实际享有水平排名第一。64座市政公园免费开放，乘公交只要6毛钱。文化灿烂：早在唐朝，常州就已经成为全国州府的十望之一。望，就是全国的政治文化中心。之前出过15个皇帝，所以常州别称龙城。常州诞生的名人成千上万，仅进士就有 1947 位，两院院士 62 人。一个 500 万人口的城市，所诞生的名人在全国所有城市中高居第四位。

中国城市发展研究院的专家郑樱与我们同行。她到常州后，调查了多位出租司机、早点小贩、晨练市民等，他们对常州评价都很好，没有负面的评价，这在各地调查时是比较少见的。虽然抽样人数不算多，但也可以显示常州在这方面取得的成绩。

我们约请"常州十大名人"之一、著名爱国实业家刘国钧之孙、香港东南控股有限公司董事长刘学进先生到直播间接受采访，他欣然答应。8 日他还在香港，9 日中午飞到上海，下午又一路风尘仆仆赶到常州。常州人对家乡的感情真的很深厚！他表示要做香港和常州之间的桥梁，为两地的共同发展贡献力量。苏东坡的第 32 世孙、常州市苏东坡研究会会长苏慎说，常州是留得住人的地方，他的祖先、大文豪苏东坡先生就终老于常州。

常州市居丽琴副市长在节目中说，常州的口号就是"常州常州，常乐之州"。常州老百姓幸福，有五点：第一个就是"居者有其屋"，保证每一个老百姓都有房住。第二个就是平安。第三个就是出行方便，常州号称是一个"不堵的城市"，公交专用车道在马路中间，叫"快速公交车道"。全部都是空调车，老百姓上车后一直乘坐才要六毛钱。第四个就是 60 多个公园免费开放。第五个就是常州是一座有爱心的城市。常州在全国同类的地级市当中，市民捐款结合起来的慈善基金，达到了 17 个亿，用来帮助老年人、残疾人，上学有困难的学子、孤儿、医疗有困难的人、生活没有着落的人。所以常州是一个慈善之城。

直播室外，常州电台记者采访我：这组大型直播节目首站选择常州的理由是什么？我说，我原籍常州，平时很关注家乡。常州经济强、民生乐、文化好。它是发展的方向，和谐的样板，文化的花园，常州的口号是"让70万中小学生家门口的学校很精彩，让70万老年人也能就近入学"。我拟了一副对联赞美故乡："十五状元十五帝，第一编撰第一人。"常州出过15个皇帝、15个状元。《昭明文选》总编萧统、《永乐大典》总编陈济、《中国大百科全书》总编姜椿芳皆为常州人。常州，古称"南兰陵"，也出过总书记。在我心中，这第一人是老百姓，而生活在"城市居民实际享有水平排名第一"这样的城市中的老百姓，更是第一人。我祝愿我们的节目能通过常州电台、中央电台、香港电台向更多的人宣传常州，也让我们身居全国各地的常州人更加热爱故乡，分享幸福。

家　谱

老家重修祠堂，再续家谱。家谱是 80 年来的新修，之前，连我 78 岁的父亲也不曾遇过。重修祠堂，母亲以她两个儿子的名义各捐五千元，免费得到两套家谱。

我以前从《武进县志》上查到过，有三位姓诸的进士，猜想是我们诸家塘的人。但是不是我的祖上，我父亲也不知道。拿到家谱后，我仔细查阅，确证了县志上的三位诸姓进士是我们同祠堂的人。其中，顺治六年，诸豫、诸保宥堂兄弟还同榜登第。只是祠堂门口的对联上写的"兄弟进士，叔侄翰林"那几位读书人并不是我的直系祖先。知道了结果，我还真有点失落。在我的想象里，祖上怎么也应该是个进士啊，至少也应该是个举人。可现在什么也不是，最多是有些田地的"乡绅"。

后来想想也就释然了，村里出了三五十个教授，并不见得个个都是进士的后代。中国有十万进士，十万进士的后代真是不少。但从隋唐到现在，中国的战乱有多少，能有多少家谱可以流传至今？无从查起。家谱所记是在武进的历史，往前，在昆山，再往前，就在浙江了。这些就没有记录了。家谱上只有几个字，"源出越大夫诸稽郢"。远祖是越人，这我是知道的。据我所知，浙江诸姓进士有一些，但若说与我有关系便是攀龙附凤了。

武进的名人，何止千百。自梁天监七年（508 年）至清光绪三十年（1904 年）的 1396 年间，光是进士就有 1546 人，为中国之最。其中状元 9 名，榜眼 8 名、探花 11 名。常州三杰之瞿秋白、张太雷、恽代英，七君子中的李公朴、史良，实业巨子盛宣怀，大学者赵元任、大画家刘海粟、大史学家赵翼、医学泰斗吴阶平、大侠展昭、歌唱家"金嗓子"周璇、清朝最著名的诗人黄景仁、《昭明文选》主编萧统等都是武进人。单是现在，常州籍的院士人数全国第四位，其中单是一个武进就有 47 位，而前三位的是上海、苏州、宁波。相对而言，常州最小，只辖 3 个县。从中可见常州文风之盛、学风之盛。

家乡名人辈出，书读好了，能为家乡增光。所以祖上是不是进士并不重要，重要的是自己要把书读好，读得像个进士一样。

庆祝祠堂重修落成的仪式上，来自全国的宗亲聚在一起。家族的兴旺，是国家兴旺的折射。60 年来的和平发展，特别是近 30 年来的和平发展，才使得所有的家族同我们的国家一起富裕、强盛。

拿到家谱，母亲很高兴，因为她儿子的小传也在其中。这让我感到有些惭愧，虽然我平时开玩笑时自吹自己"四者"：中央电台的记者、中国作家协会的作者、中宣部阅评小组的评论者、大学的学者，但心里清楚，离我自己的目标还差得很远。此番恭立谱中，成了族人的榜样，也等于是给自己定一个更高的目标。每每想到此，就好像是在给自己敲敲警钟似的，催促自己好好读书。于是自题对联一副，权作励志：

竹虚心，便有节；

梅低首，已满香。

如果家谱有这样的用处，记载历史、缅怀先人、激励自己奋进，并为我们的国家作史书的旁证，也真是不错。

庆祝祠堂重修落成的仪式那天，正是清明，有雨。活动完毕，云开雨散，天空晴朗。

二〇一一年重修武进欧阳里诸氏祠堂三周年祭文

我们的先人，起源于浙江，兴盛在常州，发散于江南，星布在全国。上苍给了我们生存的空间，土地赋予我们生息的基础。武进土地肥沃，气候温润。依湖荡，傍运河；草木繁茂，嘉禾不绝，我们诸氏家族在此生活，凡六百来年，历二十余世。上敬上苍与祖先，下亲土地与邻里。瓜瓞绵延，子孙繁衍。二十一世纪以来，国泰家安、物阜民丰，遂续修家族族谱，新立祖宗牌位。二〇〇八年重建诸氏祠堂，至今也已历三年。今天族人在此相聚，焚香以祭奠先人，燃烛以感念恩泽。

自有族谱记载以来，我们诸氏家族就在武进欧阳里生活、繁衍、发展，并由此向别处拓展。常州、无锡、镇江、上海和全国其他地方都留下了我们诸姓子孙的足迹和血脉。我们不敢忘记祖居之地，常思念先人奋斗的荣光。江南温和的气候赋予我们温和而有毅力的性格，武进上好的水土滋养我们上进而且不屈的品德。我们诸姓子孙，多慧坚韧，积德励善，敬宗尊祖，恪守尽孝敦弟，睦族崇礼，培德重祭，务学勤业之祖训。敦行于孝弟，沐浴于诗书。俊杰人才，闻名四里。入则翰林侍读，外则知府郡守；进为国家栋梁，退为耕读人家。

　　诸氏学风颇盛，以往曾有"兄弟进士，叔侄翰林"的荣光。更有贤者，或为状元老师，或受君王尊呼。诗书之泽在业显名，光泽流传至今依然。近世以来，务求实际，多为启迪智慧、振兴国家的有用之举。做教育名家辈出，举实业业主频现。一族之中，实业救国，代有其人。而为教授者，更比比皆是。武进大医家层出不穷，诸氏也时有杏林圣手。救人性命，泽被天下。更多慈善人家，广推博爱。尊亲好客，力行善事。积善之家必有余庆，赠花之人手有余香。我们诸氏，在此生存繁衍，蔚蔚壮观。最乐为善，广受爱戴。我们感受到了上天的厚爱和祖先的保佑。

　　今天，我们在此纪念先人。祖先在上，最乐园在旁，追思慕远，我们为自己是诸氏的后人备感骄傲。今逢盛世，社会安康，经济发展，文化繁荣，家族和睦，人人相亲。我们奉献最精美的食物，最醇厚的美酒，请我们的祖先来享受后人最隆重的祭奠！

二〇一一年四月农历辛卯清明

二十世裔孙雄潮敬祭

巧遇诸氏后人

诸姓是人数较少的一个姓氏。大陆排 359 位，台湾排 360 位。据说全国总人口 10.8 万人，一个重名较多的姓名全国能有几十万，比姓诸的全部人还要多不少。

诸姓，人数最多的省市是浙江。这可能与诸姓的老祖宗诸稽郢是越国人有关，也许与诸暨也有关。但诸暨已经没有多少诸姓的人了。据查《诸暨志》，诸姓后代不到 300 人。而在余姚，人数倒是不少，诸姓是姚北四大姓之一。据查《余姚志》，余姚的诸姓进士有 20 来人，按人口比例，进士还真是出了不少。

诸姓在上海人数也不少，大概有一万七八千的样子。听说江苏也不少。仅我所知道的就有好几个上千人的大村庄。

我的祖籍是江苏常州武进。家谱上说，先人来自浙江，到昆山，再到武进。与诸稽郢也有关，源出于他。但中国的家谱，假如中间中断许久，那多不可考。江苏武进诸氏家谱是从洪武三十七年开始记录的，一代一代都有姓名。再往上的只是传说了。但从姓氏分布和家谱的记录上来说，源出浙江还是可信的。

诸家塘也算是出了一些人物的，一共出了三个进士。但在江南，就实在算不得什么了。常州府宜兴吴家，出了40个进士。常州府的武进庄家，出近40个进士，其中状元、榜眼各一，还是兄弟俩。武进恽氏，一个人口不多的小姓，也出了20来个进士。江南文风之盛，令人瞠目。

因为是个小姓，所以我从来没有在学习、工作的过程中遇上诸氏子弟。在采访的过程中，也只遇到一二位。只有到了清明祭祖的时候，常常设有百桌，会遇上千把诸姓子弟。他们来自北京、上海、天津、安徽、湖北等地，当然最多的还是常州武进以及附近的县市。

诸姓稀少，遇上一个都可记忆许多年。记得20世纪80年代的某一年，在一个部委招待的宴会上，有人喊了一声"老ZHU"。我答应了一声，然后自己也笑了。当时我只有20多岁，远没到可称"老"的地步。旁边一位阿姨答应了，她也姓"ZHU"。我自嘲，我这个诸是小姓，一般不会遇上，然后就有一搭没一搭地问那个阿姨，姓哪个ZHU。她说姓"言者诸"。这我一下子有了兴趣，我在工作中从来没遇上过一个姓诸的人。于是就问她哪里人？她说是江苏。我又问江苏哪里？她答是常州。我很高兴，竟遇上一个诸姓同乡。于是又问常州哪个县？她说是武进。我问你是不是横林诸家塘？这下轮到她奇怪了："你怎么知道的？"诸姓人这么少，到了武进的范围，不是诸家塘，就是诸家坝，而诸家坝也是诸家塘人多后迁出去的。

我说："我也是横林诸家塘的。"然后我又问她的名字，她叫诸静华，是经济日报的记者。我记住了这个名字，回上海问母亲。母亲说，她听说过这个名字，比我母亲大几岁，与我父亲年纪差不多，以前好像还常常从我家门口路过。我父亲因为从小住在崔桥街上，老家的事情反而不如我母亲清楚。母亲的记忆力是相当出色的，她说的基本上不会有错。

我到北京工作后，有一段时间临时住在广电部的灰楼宿舍，有一个室友叫俞迁如。因为他不是中央电台的，也无我们新闻单位上早晚班的苦恼，所以来往并不多。我来北京大概30年后，有一次不知怎么遇上了他，又不知怎么与他说起了家乡。他说他妈妈也姓诸，经济日报的，叫诸静华。我一下子想起了80年代与诸阿姨的一次相会。这让人感觉，世界真小。而俞迁如的父亲又是昆山人，诸姓在洪武年之前，也是从昆山迁来的。这又是有缘了。

俞迁如的夫人是《中国广播电视学刊》的编辑，我在这个刊物上发表过一些文章，他夫人的名字我是知道的，说不定还是我的文章的责任编辑呢。世界之小，大抵如此。

悲情状元、榜眼、探花郎

科举高中前三甲，是天下读书人第一等幸事。但若遇乱世，虽是幸事，却也多悲情。

吾乡常州，曾有包揽科举前三甲之壮举。

崇祯十五年，满人乱边，游民起事，国家动乱已至万分焦急之时。遇乱世而求能人，崇祯十三年时，已举行过科举，但迫于用人之急，崇祯十五年又增加一次特科。这是明朝唯一的一次科举特科。那年，常州府中，金坛史惇、武进俞泰交、武进章晋锡包揽前三甲。这是科举史上少有的壮举。崇祯十六年，在明朝最后一次科举中，武进杨廷鉴、溧阳宋之绳、溧阳陈名夏再次囊括前三甲。常州一府之地，包揽三甲已是十分难得，连续两次囊括前三，更是难上加难。江南士子读书气氛从中可见一斑。

本来，人生得意，科举高中是题中应有之事。但因生逢乱世，却也喜中有悲。他们高中三甲后，虽然得以重用，但仅仅一两年后，1644年，满人入关，世局更替，人是物非，他们也因战乱而逃难。清取代明后，他们多不愿在外族统治下为官。有的迫于生命之忧，出来做个官，又遭人唾骂。首鼠两端，战战兢兢，故在历史上也没有留下什么政绩，有的甚至连生卒年月也没有留下来。

史惇中状元后，先授户部主事，后任九江知府，不久又抗命被罢官归乡，堂堂状元、知府，连生卒年都没有记载。俞泰交曾在九江为官，因病归乡，生平资料难以寻觅。章晋锡在延平（今福建南平）任知府，清军南下，他率军抵抗，被清军俘获，不屈而死。

杨廷鉴中状元次年，北京城被李自成攻破。他逃回常州。清军入关后，满人半请半逼他出来做官，为免祸，他只得出来为官，但备受讥讽。宋之绳在北京城被农民军攻破后被抓，受到严刑拷打，逼交赎金，因实在无钱而被放。不久趁满人入城之乱逃难，投奔南明小朝廷，又不被信任。顺治年间，地方名士多次推荐，补侍从。康熙六年遭裁。陈名夏虽做了清朝的官，但他赞同用明朝典制，反对强制汉人接受剃发令，最后被处绞刑。

虽然他们在政坛没有多大作为，但作为文化人的使命还是得到了传承，多有著述，杨廷鉴写了《东皋草堂集》二十卷。杨廷鉴本人是个状元，他的曾孙杨述曾在他高中状元99年后，考取乾隆七年的榜眼。杨廷鉴为人孝顺，母亲笃信佛教，他便在已经破败的景德寺内修建了一座大殿，供母亲做佛事用。到了1939年，杨氏子孙用这房子创办了前黄农校，这就是常州著名的前黄中学前身。杨廷鉴的连襟吕宫也是状元。连襟两状元，这在历史上也是难得一见的。吕宫是清朝入关后第二次科举的状元，他是常州武进人，也是现代著名的历史学家吕思勉的远祖。常州肥沃的文化土壤下，读书的种子发芽开花，时有硕果，学问家层出不穷，也是江南大家族的一个特点。

无人识得恽南田

一天看央视《鉴宝》栏目走进常州的节目，当一位藏家拿出恽南田的一幅画时，专家高兴地说："恽南田终于来了。"那幅画专家鉴定为精品。

武进恽氏，名人辈出。我所听说过的恽氏名人，几乎都是武进人。在常州看到恽南田的画是高兴的事，就好比我们在苏州看见唐伯虎的真迹一样。

恽南田原名格，字惟大，后改字寿平，并以字行，是清初"四王恽吴"六大家其中之一。他是中国绘画史上少有的天才人物，山水画成就不让"四王一吴"，只手又开没骨花卉，创立"常州画派"。同时还留下绘画理论著作，彪炳画史。而他在绘画理论方面的成就，在中国绘画史上，大约只有董其昌的《画禅室随笔》、石涛的画论，能与之相比。董其昌与石涛，是中国绘画史上公认的绘画与理论两方面俱为开天辟地的人物，以此可以想见恽南田在绘画史上的地位。

两年前，我休假回到故乡武进。一日无事，想去看看恽南田纪念馆。从《武进县志》上得知，恽南田是武进上店人，上店位于今湖塘镇马杭与南夏墅镇庙桥之间。我住横林，两地不算很远。坐上表弟的车就去了。到了马杭问路，本以为恽南田是大画家，又有纪念馆，理应一问便知的，不料许多人都说不知道。有的人略知一二，指了个方向，驱车前往，却不存在。有的人说听说过这个纪念馆，指了一下方向。到了那里，才知是常州城边一个与南田读音相近的楼盘。我们从街上问到村里，从年轻人问到年老人，没有人知道恽南田和他的纪念馆的准确方位。后来我们到了一个村委会，问之，也不清楚。正垂头丧气时，遇一位五十多岁的中年人，他指了一下方向。我们说，刚才我们就是从那里过来的，并没有看见。那人主动给我们带路。走到半途，突然从大道上斜插到一条土路上去，拐了几下，不久就到了。不熟悉路的还真不好找。

　　来到纪念馆，门关着，可能平时来人不多的缘故吧。纪念馆不大，正门中间屋檐下挂有刘海粟撰书的"恽南田纪念馆"横匾一块。从门缝往里看，里面有两座坟茔，据说安葬着恽南田和他的夫人。中国常州网有文介绍，恽南田纪念馆坐落在马杭桥南街，原为马杭宋氏宗祠，清代建筑。1986年为纪念恽南田诞辰350周年，由武进县人民政府拨款修建而成。馆舍坐北朝南，歇山顶勾连搭式砖木建筑。分前后两进，前进三间，通面宽11米、进深7.5米、屋脊高7.8米。后进五间硬山顶，通面宽18米、进深5米。建筑总面积173平方米。檐下四周有1米宽的围廊。建筑平面呈凸字形。我很奇怪，网上说恽南田纪念馆坐落在马杭桥南街，但我所目睹的纪念馆是一个田地里的孤零零的建筑，四周并无建筑。我绕着纪念馆慢慢走了一圈，以示对这位前辈乡人的敬意，又拍了几张照片，留作纪念。

恽南田是个有气节的人，明末清初曾随父亲参加过南明隆武政权的抗清武装斗争；又应抗清义军将领王祁之邀参加义军。恽家一门忠于明室，气节凛然，虽"家酷贫，风雨常闭门饿"，他坚决不参加清朝的科举考试，而靠卖画赡养父亲妻子儿女，生活清苦，"家贫赖笔砚，得饿供朝铺"。他的绘画、书法和诗词三者俱佳，被人誉为"南田三绝"。武进文风很盛，民风又颇尚武。按说，恽南田这么一位文武周全、诗书画俱佳的人物理应在故乡享有巨大名声，为何人们多有不知？这真令人有些遗憾。

常州前后北岸

以前一直推崇常州的青果巷。这条巷子，无数次走过。这条长不足千米的小巷，走出了近百名进士和几十位文才武略、享誉中外的知名人士。古有明朝抗倭英雄、嘉靖三大家之一唐荆川；近有故宫博物院创建人之一吴瀛，近代中国工商业的开拓者盛宣怀，早期革命家瞿秋白、张太雷；当代则有国际著名语言学家、作曲家赵元任，七君子之一史良，语言文字学家周有光，以及剧作家吴祖光，等等。在策划系列专题《古街纪事》时，我特意留了《常州青果巷》一集，与《北京琉璃厂》《拉萨八廓街》《香港永利街》《成都宽窄巷子》并列。我们在巷子里采访了赵元任的后人，采访常州市文化局学者。在节目中我们写道："在常州悠久深远的历史长河中，青果巷是一个神奇的坐标点。圣贤精英的无尽风流与江南水乡的斑驳古迹交织在一起，共同演绎着小巷的传奇。那雕花的瓦顶，幽深的备弄，残旧的碑坊，静默的古井，几分清幽、几分古朴、几分沧桑、几分寥落。它是常州人精神的归属，展示着历史深处的种种风云，描绘着不独属于青果巷的时代画影。这条并不宽阔的河道，现在看上去舒缓而温情，它是大运河中最古老的一段邗沟的组成部分。

翻开大运河的千年日记，第一页为春秋时期吴王夫差所写。"

　　这个系列专题节目得了中国广播电视大奖的提名奖。具体的《常州青果巷》这集，常州电台拿去播了，在江苏省里得了一等奖，并在全国彩虹奖的评选中也有斩获。

　　但近来又去常州，乡贤周晓东告诉我，常州的文化之最亮点不在青果巷，而在前后北岸，在明末到清朝前期，前后北岸就出了杨廷鉴、吕宫、赵熊诏、庄培因4位状元和7位公卿。这里出的进士难以计数，清代全国诗坛闻名的"毗陵七子"中，有5位出自这里，他们是：洪亮吉、黄仲则、赵怀玉、吕星垣、徐书受，大画家恽南田也曾赁居于此。这里东邻县学大成殿、西有苏轼"藤花旧馆"。这里在宋朝还出过状元霍端友。方圆不大的一个地方，出过这么多名人，实在不输青果巷。

　　苏东坡现在是最受国内文人喜欢的一位。在古代，他也是极为人所喜欢的。常州的名人学士多选择居住这里，为的是能与孔子和苏东坡为邻。苏轼文、诗、词三绝，各方面都达到了极高的造诣。他做事实在为民，做人直率通透，性格幽默有趣，人间凡事能够看得穿，天地实事能够做得好。后世文人连居住地也愿意靠近他，以现在的话来说，实在是人气高。

　　我知道这个地方，也多次来到这里，但从没有听人说过前后北岸文气超过青果巷这么一说。下次回故乡，定是要好好地礼拜一下前贤了。

青果壶

茶既宁静，也够浪漫。生时便生，去时便去。生时清新醒目，去时坦荡有味。留在枝头的，也不像枫树到了秋天那般的红艳，让人觉得既可爱也可怜，而是以一丛丛的浓绿，静默地展示生命力，等待来年。

壶则热烈，更多包容。品不完的香茗，可以存之；饮不尽的山泉，可以存之；说不尽的话语，也仿佛可以存之。含蓄，温婉，玲珑。故所以，天下爱茶之人，都喜欢壶。把玩手中，温润如玉。

茶壶，当以宜兴壶为最好。

历史上宜兴一直隶属于常州，与我家乡武进更是兄弟县市。现在武进拆分了，宜兴割离了，但我钟情于宜兴茶壶之情依旧。秋日，去常州青果巷，采访一干专家和名人后裔。唐荆川、钱维城、瞿秋白、张太雷、赵元任、周有光，众多文人雅士革命家出自同一条街，实在令人景仰。在常州广播电视台的帮助下，完成了一个反映青果巷变迁的节目。

得空便去宜兴。此地常来，先前朋友总是接我到厂，凭眼力挑选，买价也要便宜一些。如今，此壶早已入列艺术品，身份日涨，我便有识壶，同时也识制壶大师的兴趣。那些壶艺大师们的双手，一点也不逊色于魔术师。一团泥土，在他们手中魔术一般地就成了令人爱不释手的艺术品。宜兴壶贵一些也有道理，全世界只有宜兴的土地下藏有制壶的陶泥，消耗一点便少一点，仅凭此，物便以稀为贵了。

常州电台徐清引领，他是明朝首辅徐溥的后人。我打趣道，要是他有几只祖爷爷传下的宝壶，那是稀罕得紧了，就算不是时大彬、供春所作，大概在价格上也会让人很惊羡的。然此物易碎，不易保留，能流传至今更显得其贵重。徐清的朋友王强在路口接我们到他的师父高建芳家，赏壶喝茶聊天。壶是高家壶，茶是阳羡茶，话是中央电台主持人声音非常好听的普通话，都是一时之珍品。高建芳是研究员级高级工艺美术师、江苏省工艺美术大师，师从中国工艺美术大师蒋蓉。高大师说起师承，满心景仰。而作为一女子，跻身省大师行列，可谓人中翘楚。两代女子同列制壶大师行列，更是少之又少。

采访完毕，参观她的收藏。平时只是偶见一两只名壶，如今盛世荷花壶、红泥白果壶、提梁荸荠壶、玉米壶、金铃子壶几十只名壶放在一处，顿时有了眼花缭乱的感觉。高建芳擅长象形壶艺，主要分为荷花、西瓜、南瓜、果品、蔬菜、花鸟虫鱼六大系列，许多地方包括中南海紫光阁都收藏有她的作品，被誉为"象形壶艺第一传人"。参观她的收藏，有瓜果满枝、鸟语花香的感觉。而她的学生辈如王强、应春兰夫妇，虽然年纪轻轻，却也是工艺了得。特别是应春兰，不过三十多岁，已经是国家级工艺员了。她的作品，日臻佳境。我说，假以时日，将来蒋蓉大师门下要有三代女大师同列其中了。

晚上，有月朦胧。独自泡茗，细细品尝。壶雅秀水清碧，顿觉古趣盎然。忽想，要是以制象形壶著称的高建芳、应春兰师徒能为青果巷制作一些象形壶，便可称之为"青果壶"了。常州青果巷的名人雅士和他们的后代以青果壶泡茶当歌，该有何等的雅趣。

第二章

家在上海

我的一次冒险经历

　　大概在我上小学四年级时候的一个夏天，学校组织到虹口公园去游玩，其中有一个项目是游泳。又能游公园，又能游泳，这是人生的快事之一。特别是对当时那个年纪的我来说，更是如此。

　　我那时还不会游泳，但人都喜欢水，特别是在夏天，更是如此。虹口公园里的游泳池，分深水池和浅水池两个。两池相靠，但水并不相通。

　　我出得更衣室，看到两个水池，也不知怎么回事，想当然地以为深水池应该人多些，就一头跳进人少的一个池中。待人想直立，突然感到脚没能踩到池底，心中立时慌张起来。手臂有如受惊鸟的翅膀，风轮一样舞动起来。也不知过了多长时间，总在一分钟以上吧，感觉肺都要炸开了。突然手抓住了池壁，赶紧冒头换气，才觉得活了过来。醒过神来，估计我从池上跳入也就两三米远的距离。爬上池岸，躲在游泳池边，让自己心平复下来。许久，才走到那个浅水池，慢慢走入游泳池中。

　　有时我想，假如我当时再往池中跳得远一些，那么，我会不会就如现在一些玩手机的人一样，落在水中不见了？

重走泰康路

新民晚报 6 月 16 日有文章说，邦女郎古欣娜塔"最喜欢上海的泰康路"。这一下子勾起了我的回忆。

泰康路我很熟悉。1968 年，我上小学一年级时就在泰康小学，这里是我开始读书的地方。班主任是一位姓张的女老师，而同学多是一个里委或马路对面里弄里的孩子。

学校是在一座较大的独栋洋房里，院子里有棵白玉兰树。开花的时节，从教室的窗户里往外看，玉兰花开得含蓄而奔放。含蓄是它隐约在宽大的树叶中，奔放是它每朵花开得十分舒张而持久。玉兰花花型如鸽，仿佛随时可以振翅高飞。后来上海以白玉兰为市树，我认为是理所当然的。因为从 8 岁开始，我就天天目睹白玉兰了。除了梧桐，就数它最熟悉。

泰康路不长，我天天从这条路的东头走到西头。在学校的西面，是个很大的菜场，过年的年货大多在这里买。有时为了买几条冻鱼，或是鸡鸭等家禽，要排两三个小时的队。再往西就是瑞金路了。在瑞金路上有一个打浦街道的图书阅览室，里面有一个年轻服务员，卷发黄眼，长得很美。而在泰康路的东头，交界的地方有条思南路，粗大的梧桐树一点也不逊色于淮海路。每到夏天，我们几个小孩子常在茂密的梧桐树上粘知了。

上了大学后瑞金路还常走，但泰康路因不算是交通要道，走得就少了。离开上海都已26年了，还从来没走过泰康路。

看了这篇文章后，今年9月，趁同学入校30年聚会的机会，我特地去用脚步重新丈量了一下泰康路。它没有了一丝过去的风景，昔日感觉不算很窄的马路，仿佛细成了一条北京的胡同。马路两边的建筑，也全然没有过去的一点痕迹，取而代之的是古欣娜塔所喜欢的"浓浓的艺术气息"。有一个"田子坊"，据上海同学介绍说是"很著名"。想努力寻找的泰康小学也已经不见了，被正在修建的大楼所取代。学校门口往南去再东折的那条小小的弄堂，只能在记忆中寻找它的走向了。

我在田子坊一个画廊一个画廊地看过去，感觉有点新鲜，有点异样，也有点沧桑。闲逛在泰康路上，却是如邦女郎感觉的那样"蛮享受"。我曾写过一篇报道《中国长高了》，此时走在泰康路上，如果想写，可以写一篇《上海变美了》。不过，看着画廊，心里想得最多的却是学校。我感觉学校才是真正的最大的艺术画廊，每个孩子都能展现最美丽的笑颜；而最美的艺术是把孩子培养成自然界的花草树木，向着阳光开放。

而今，我工作单位在北京复兴门附近，今天正逢国庆六十周年，京城繁花似锦，此路此景此情此意，正可赋联：

有书读如走泰康路，

看花开似入复兴门。

手　表

　　手表的作用是看时间。如果还有什么保值的作用，那是对工艺师们高超手艺的肯定。如果有人用它来炫富，那用它来达此目的的人就走到别途上去了。

　　第一次戴手表是我考大学的时候。为了看准时间，不要误了高考，出门前，我母亲把她的手表给了我。记得那是一只女式手表。

　　从家里到红星中学的考场大概走了 20 分钟。进了考场，临发考卷前，我还用手表测试了下脉搏，一分钟快 120 次了。看来在这人生之路的重要关口，我还是有些紧张的。等看到考卷，心情一下子放松下来。第一场考的是语文，那对后来报考复旦中文系的我来说，应该是我的强项。

　　我的第一只手表是我上大学后母亲给我买的，上海牌，21 钻，记得当时花了 125 元钱，几乎是我父亲一个半月的工资。这只手表陪着我度过了 4 年美好的大学生涯，其间并没有什么有关手表的故事发生。到了毕业时，我们班有 6 个上海的同学要到首都去工作。同学黎惠娟打包行李缺少纸箱子，那是什么东西都比较缺乏的年代，正好我有两个富裕的，我就给她送到学校去了。那是 1983 年的 7 月底，天气热得要命。长路无轻担，两个大大的纸箱子着实有点分量。提着不轻的物品，赶到复旦，出了一身汗。我到 4 号楼二层水房痛快地冲洗了一下，然后回到宿舍，与尚未离校的同学聊起天来。聊得正是乌天鸦地时，我突然发现，手腕上的手表不见了。急忙一拍裤子口袋，鼓鼓的、圆圆的，原来在口袋里。待到傍晚，该回家时，我从口袋里一摸，却发现那只手表模样的东西原来竟是一盒清凉油。我连忙跑到盥洗室去找，哪里还有手表的踪影！

　　8 月 8 日，我们 5 个同学一同坐火车去北京。我和黎同学一起分到当时的广播电视部。她还带着石膏的维纳斯塑像，未到部里，断手的女神连身体也断了。当行李拉到部里时，我看着她的纸箱子，笑说：不要小看这两只纸箱子，那可是我的一只手表换来的。她听后，十分惊讶，忙问缘故。在复旦丢手表时，我并没有告诉她。如今算来这只手表已有 34 岁的高龄了，不知还安好否？

人生五十半年华

都说时光能消除所有的记忆，这仿佛能从我们"看到名字想不起人"得到印证。当我们把过去的日历对着阳光，却分明看到了记忆深处的水印。一个个水印在时光的聚焦中，汇集起来，复原历史，三十年前的音容笑貌便涌现在我们的面前，成为生动的情景。

在这个情景中，所有的故事都那么真切。昔日的朦胧与暧昧，在时光的倒转中，变得那么真实。所有的成功者或者失意者，都坦然地面对现实，相祝并握手言欢。而某个同学在中学的精彩一瞬，此刻重新被回忆起来，并被放大，成为一个标签，成为我们的集体记忆。

在这个情景中，所有的故事都那么有味。渐忘的某个情节或细节，在同学的提示下，突然生动起来，成为活动的图像，闪现在脑海中。我们忍不住大声放歌，倾诉已被封存的情意。

北京的雪，阻挡不了我们相聚的脚步。那是五十年来最大的落雪，积雪最深处近四十厘米。虽然我们天南地北人海茫茫，但我们的心都汇聚在南塘中学的名字下，紧紧地相连在一起。

上海的风，吹散不了我们聚会的热情。那是三十年来的初次相逢，而松开的双手或许已经有四十年甚至更多。虽然岁月已经染白了我们的双鬓，但我们的眼中依然充满了青春的热情。

我们感到幸福的是，许多久不联系的同学，一打电话，马上报出了对方的名字。听那种声音的感觉，就好像有一根被深埋许久的神经，突然受到刺激，所有的记忆都被唤醒。

我们感到幸福的是，许多过去没有说过一句话的同学，彼此间竟保存着甜美的回忆。虽然最后我们都消失在偌大的一个城市中，但这种甜美的回忆从来不曾失去过。

我们感到幸福的是，许多教过我们的老师，身体依然健康。他们精彩的一课，已经成为我们试卷中的一笔，成为我们履历中的一页，并将随着我们的生命走向永远。

我们感到幸福的是，还有一些同学，不仅将成为永远的同学，而且将成为永远的亲家。他们未曾践行了的故事，在孩辈身上体现。这让我们相信人世的轮回和命运的注定。

终于又相见了。我们的双手初次或再次紧紧相握。

这真是难得的相聚啊！我们毕业已经三十年了，人生也跨入了五十载。而其中一些同学，毕业之后就从未相见过。在茫茫的人海中，把这些曾在一间屋子里一同念过书的人一一寻找到，本身就是一个奇迹。

这是历史的发展——一次拆迁就使我们分别并相距了如同两个城市一样的距离。

这是人生的漂移——一次职业的选择就使我们相隔南北生活在两个不同的城市中。

这是偶然的失误——一次手机号码的变化就使我们失去联系的电话

而彼此消失。

当然这其中还有相思的受挫，还有人生逆旅的阻隔，也还有远渡重洋后的离散。但我们今天终于坐到一起了，更多的是捡拾过去的足印。我们努力从对方面貌上变化了的细节，寻找脑海深处最深的记忆。从彼此不变的声波中，去追溯过去的轮廓。也笑着从变化了的形体中，去复原当年的身躯。即使有暂时的失忆，我们也马上会从最经典的故事中唤起回忆。

三十年不曾发出的声音，如今成为积聚已久的喷涌。

三十年不曾说出的心思，如今成了最最自然的宣泄。

各位权当我是在出中学时代的黑板报吧。让我在另外的一页中再细细陈述各位的辉煌。

我知道在我们清醒时或是在酒精散去后，各位同学一定会恢复小心翼翼地问候的状态。那么，此时，在我们的热情正走向高潮的时刻，我们应该举杯了，用酒来浇我们心中的块垒，有酒来写我们的离愁别绪，用酒来演绎我们不曾编织完了的故事，用酒来加固我们天长地久的友谊。让我们豪情高呼，发出青春的狂欢！

举杯，为三十年前的青春！

举杯，为踏入五十岁门槛！

举杯，为未来五十年的岁月！！

我看世博

　　每个人眼中的世博都是不一样的。我生长、学习在上海，工作在北京，却又常常出差回上海，看世博又是一种感受。

　　少年时我在黄浦江里游过泳，也抓过螃蟹，那是我"畅游"大江大河的纪录和值得骄傲的"捕猎生涯"之一。现在游览世博，清江依然，螃蟹不知有无踪影，但当年黄浦江两岸的影子几乎找不到了。

　　我原住卢家湾。北边原是法租界，南边是棚户区，南北一天地，宛如两世界。1992年开发浦东后，这个地方日新月异，两年不见，天地一变，最后大同花园取而代之，找不到一丝昔日"后马路"的影子。但往更南端的江南造船厂附近，旧貌依然不少。

　　申办世博后，天地又为之一变。过去在小浜旁边盖起来的漏水房子，彻底没有了踪影，清江绿树、高楼大厦优雅高贵地与大上海融为一体。看到这些，我不由感叹，这才是大上海！

　　我游了两次世博，都是从鲁班路进去的。一则熟门熟路，二来可以寻觅昔日的印象。其实，除了鲁班路还有些许昔日的影子外，我连上过的小学、中学都花了一点周折才找到。中山南路更是旧貌换了新颜。青草绿树，甚是迷人。一条如此繁华美丽可行驶万吨轮船的大江穿越在世博的特色建筑中，如此景色，整个中国仅此一处。

4月20日，试开放的第一天游览世博，感觉有些乱，找不到休息的地方，连食物也准备不足，但我也很有收获。一是在几乎无人的情况下游了石油馆，感觉十分惬意。后来参观石油馆听说要排十个小时队，排十个小时的队，我是吃不消的。无人而游之，现在想起来可谓奢侈了。包括4D电影，都是在一种十分惬意的情况下观看的。

在江边的青草边走走，自如而且舒服。我想不出，在上海市区的什么地理方位上，有如此多的草地了，且有浦江涛声做伴，且有座座风格不同的建筑可看。这个时候，我感觉做个上海人是幸福的。

第二次是10月1日。那天不幸肚子有点疼，走走停停，没有看多少的馆，更多的时候是躺在各个馆的门口的长凳上睡觉，有时还睡着了。我无法想象过去在黄浦江边，能有什么可以让人躺下休息的地方。能够躺在黄浦江边，闻着花香、草香，听着风声江涛，晒着温暖的太阳。那种感觉，花两百元钱，也值啊。

有些人对世博有不同的看法，主要的意见是，"里面没有多少吸引人的东西"。我对此不以为然，在我看来，世博是整个世界在这个时刻的焦点，它充满了中国人的自信和中华民族的骄傲，包括有意见的人也是因为骄傲而引起的。在他们的眼里，中国人办世博还可以办得更好，城市还可以让生活更美好，至少，可以让人在更多的地方躺着晒晒太阳。现在，一轴四馆已经成为中国的地标，刻在上海的地图上。而世博这个词汇，已经刻在中国人内心的方位上。

我与兄长有个约定

　　有人说，幸福就是医院没有病人，狱中没有犯人。这个标准似乎稍低了点。但亚里士多德说："幸福意味着自我满足。"从这个角度而言，无病人无犯人即幸福也是一说。也有人以为，幸福的人同时既当孙子也当爷爷。这样的五世同堂，在当今普遍晚婚晚育的情状下，实属难求。我的祖父在我幼时已经去世，我的祖母连我的母亲也不曾见过，所以，同时既当孙子又当爷爷，我是做不到了。现在我与兄长有一个约定，"七十岁还当儿子"。我比父亲小三十岁，等我七十岁的时候，我父亲就整整一百岁了。我以为，这也是幸福的一个标准。

　　人生有什么追求呢？我的追求大致有三。一是有收入，可以维持生活，完成孩子受教育的责任。如果能有较丰厚的收入，可以满足美食之欲，远足看看世界，实现自己的雅乐，那更是美事了。二是有家人，可以享受人伦之乐。情感的外溢或内存，最好得有亲情相伴随，亲情之间的化学反应是世上最美好的化学反应。三是有嗜好，嗜好是精神、体力和智慧专心致志的投入，一种良好的嗜好可以陪伴我们度过漫漫人生。如果在享受这个嗜好的过程中，还能有物质文明或精明文明产生，那也称得上是对人类有所贡献了。

亲情相谐,家庭和睦,是人生的追求。七十岁还做儿子,是人生的福分。对长辈,可以孝,孝是人间第一美德;可以敬,有父母在,自己在心理上还是孩子;可以亲,那是完满的一大家子。梭罗说,瓦尔登湖"是大地的眼睛,望着它的人可以测出自己的天性的深浅"。湖未必到处都有,自己的眼睛却是伴随自己一辈子的"湖"。在这个湖中,同样可以看出人性的深浅。

大学毕业离开上海,至今已经29年了。刚开始,只能四年回家探亲一次。托国家实行长假制度之福,更托经济发展之福,现在每年可以三四次回故乡常州看看,到上海看望高堂。年纪越大,常回家看看的念想越浓。不做别的更多的,就与父母在一起坐坐就很好。一杯茶,一支烟,一顿饭,一段话,也许就是一辈子。

人生是旅行,我期望生命之水流得长些,北京上海来往得多些,沿途的风光,终点的亲情看得多些,享受得多些。

上学比留在上海重要

　　我不太理解一些上海人为什么如此留恋上海。上海是中国数一数二的大城市，留恋上海本来并没有什么不好，但若要以前途包括上学的机会来换，我是不甘心的。

　　考大学之前，我的一位中学同学的家长不愿让他的孩子去考。他们家讨论的最后结果是让我的同学顶替他的父亲去酱油店做了个小伙计。那个同学的成绩很不错，考个大学应该是没有问题的。1979 年的大学生，还是很吃香的，学历也很值钱。同学家长不同意他的孩子上大学，是因为他已有一个孩子去江西插队落户，这给家里造成很大的经济压力，拖累很大。他怕是自己的另一个孩子大学毕业后，分配去了外地，又给家里造成负担。承蒙我同学的家长瞧得起我，拿此事与我商量。我以为这是不成立的，就算大学毕业后去了外地，但也有一个基本的工资保证。比如在北京第一年有 46 元，第二年有 56 元，这与插队完全不是一回事。80 年代初，一个人有 56 元钱，过得还是很不错的。但我同学的父亲还是担心自己的孩子到了外地受苦，执意让他的孩子顶替他自己的工作。我感到很奇怪，中国那么大，难道上海以外的地方都活不了人了？多年以后，我依然为我的同学扼腕，以为一个优秀的工程师，或是一个顶级的教授就此消失了。

我母亲同样不太希望我上大学，要我上一个中专或是技校，这样，两年以后我就有收入可以养活自己了。我不同意，态度决绝。如果自己考不上大学，天资所然，我不怪别人。如果能上，我为什么不上呢？说心里话，我还想青史留名呢。十几岁的时候我就有这样的想法，我得当李白或是唐朝的一个什么著名诗人，有若干首，或是一首，或是一句诗可以传世。这才是我活着的意义所在。如果实在当不了著名诗人，也争取有一篇其他的什么文章可以让这个行当的人看看学学。如果都不可能，那就努力结识一个什么著名的人物，在他高兴的时候，写一首《赠雄潮》这类的诗，如同汪伦，成为李白《赠汪伦》诗中的主角，也为大家所知。当然，这是我年纪大了以后，一事无成时的想法。至少，上了大学，这样的机会肯定比不上大学多了许多。

我读书成绩还可以，综合成绩一直在年级前三位吧。模拟考试完后，三门功课的成绩离后来的大学录取线只差了三十来分。高考完，我如自己所愿上了复旦大学。四年后，也如同学父亲担心的那般分到了外地工作，但这却是我自己选择的。我毕业的那年，上海的几个比较适合的岗位都被历届学生们挑走了，我们应届生多数没有什么满意的位置。我自己宁愿到首都工作，首都都是大衙门，而且岗位对口，做出一点成绩来似乎要容易些。

一路走过来，38岁正高，47岁二级正高，在多个方面也获得了一点成绩。我以为当初的选择是对的。如果为了留存上海而不上大学，我无法想象自己现在在上海在干什么事，或许早就下岗退休了。

拆　迁

父母住在上海老北站的房子拆迁了，这是我家一直盼望的事。拆迁这事，于我三十多年前在上海读大学的时候就十分盼望，但一直未能如愿。

那时我家有5口人，只有一个小蜗居。房子迟迟不能拆迁，原因只能是国家经济状况不好吧。但那个时候整个中国都如此，而上海的经济还算是中国最好的，可以想象那个时候我们国家穷到了什么样的地步。后来姐姐去了郊区插队，我到学校住读，家里才显现略微"宽敞"了一点。

我到北京工作后的第四年，家从丽园路搬到了山西北路，住房面积稍稍扩大了一点。但哥哥结婚生子，其实比原先还是好不了多少。过了二十多年，这才盼到了好消息。母亲说：去远郊区可以分三套，三个孩子各一套；近郊区可以分两套，兄长和我各一套。我说，远郊区看病不方便，毕竟父亲已是八十多岁的人了，母亲也近八十岁了。就要近郊区的两套，但我不要。我要的话，对姐姐是不公平的。再说，我自己在北京也有还算不错的住房。我建议另一套折合钱，给父母养老。母亲听了我的建议，要了一套房子给长兄，而另一套房子要了钱，父母、兄长、姐姐和我各分一点。一些邻居亲戚听了这样的分配法，以为我亏了，但我并没有吃亏的感觉。我倒是以为自己是一个比较幸运的人，在结束"文革"之后的第三年考上了为许多人艳羡的大学，有了一份不错的工作，还有貌美如花的妻女，还亏什么呢？一些邻居们为着房子的事情闹得鸡飞狗跳的，还有什么亲情可见，还老死不相往来，那才叫亏呢。

邻居对我家处理房子的事情十分服气，这让母亲心里很是舒坦。其实母亲更高兴的是对孩子教育的成功。不是一家人，不进一家门。多年前，岳父去世时，妻子也没有继承房子，而是给了她未婚的姐姐。大家夸我是"有钱人"，北京、上海各一套房子现在少说也得值几百万吧，但我更感觉自己精神上的富裕与充实。女儿很小的时候，我一直对她说，要做一个对社会有用的人。我们来到这个世上做一回人，已经是很幸福的了。如果我们能为大家做一些事，不是很好吗？如果能力有限，不能为别人做得更多，那么，能为家人做一些事也好啊。

我的一封推荐信

在我所认识的中学生里，有两个人给我留下较为深刻的印象。一个叫熊砾，多年前她考入北大中文系，后被港大经济系以给予全额奖学金的条件录取。另一个就是姜文溢。她们共同的特点是：聪明好学，成绩优秀，能力突出，颇为全面。

我与姜文溢的父亲姜晓明是中学同学，1979年，我们一起考上大学，我上的文科，他上的理科。按理说，为姜文溢写推荐信并不用写到她的父亲，这实在是因为她的父亲给我留下的印象太深。我当年上的是复旦大学中文系，而我们的语文老师一直说我的语文成绩、作文水平并不比姜晓明好。当年我还真是有点不服气，现在想想，老师说的是对的。姜晓明读的是铁道工程，但他的作文水平不比我弱，而绘画、书法、摄影等水平均在我之上，理科成绩，特别是数学我更是无法与他相比。他给我的印象就是：全面优秀。

一般来说，一个长辈看晚辈是从高往低看的，并不会对晚辈有什么太高的评价，但姜文溢有些例外，她给我的印象比他父亲还略胜一筹，她不仅当得上这四个字：全面优秀。这由她多年获得的"优秀学生"来佐证。在全面优秀的基础上，她还当得上另外四个字：众多专长。在学习方面，她物理得奖、科技创新得奖，英语、征文、论文也得奖。在其他方面，她羽毛球得奖、歌手得奖，空手道也到了八段的水平。服务奉献有她的份，合唱团、话剧社也有她的份，而且还在其中当了团长、社长。小小年纪，展现出了很不错的领导能力；小小年纪，也已有散文刊登在新民晚报上了。业内人士知道，新民晚报上的散文是有相当的水平的，一些大家在新民晚报上都开有专栏。

一个人学习好，又有专长，已是不易。更不容易的是，在众多方面都有专长。在我看来，姜文溢就是这样一个学生。她已拥有成为一个优秀人才最厚实的本身条件，她还需要拥有成为一个优秀人才最肥沃的土壤条件。这个最肥沃的土壤条件，就是她想报考的大学。我很乐意为她写这封推荐信。能够为她写这封推荐信，或是她的幸运，但更实实在在的是我的荣幸。也许这封推荐信写得已经有些晚了，因为她已经收到香港大学与剑桥大学联合卓越计划的面试资格。但是，如果有条件能报考更多的大学，以期有更多的可能让她来选择并达成自己喜欢的学校和专业——学校专业均喜欢，愿望现实很一致——不也是一件很令人感到快乐的事情吗？

捉鱼蟹的故事

　　年轻的时候喜欢钓鱼捉蟹，长大了，性子平和了，反而没有年轻时的兴致了，但看人钓鱼的兴趣依然不减。

　　早在中学时，去农村学农劳动，做了一件至今还令自己难忘的事。

　　学农的地方在川沙，也就是现在的浦东，那里河道纵横。我们在淘米的时候，那些小鱼儿为了吃食都争着往淘米篓里游，只需把米篓提出水面，就会有许多收获。这是我们乐此不疲的事情。一天闲着无事，想去捉鱼。但没有鱼钩，无法实现这个愿意。我以前在老家武进乡下的时候，常去"拷浜"。浜就是小河，拷浜就是把小河的两头堵住，把水舀干，把鱼捉了。那天我又有了这样的愿望。从宿舍里拿来了面盆，挑了一处河道较窄的地方，先是挖了很多泥块，然后把小河两头都堵上了。接着，一盆一盆地往河道处水舀水，河道里的水有小腿那么深，我堵的河的长度约有十来米。这是一个工作量很大的活啊。干了很长时间，直到腰酸背疼，才慢慢见了河底。眼见大功告成，仔细搜寻，却是没见几条像样的鱼，只有一两只泥鳅还稍稍有些规模。一个人拷了一条浜，如同堂吉诃德大战风车一样，给我留下了很深的印象，至今回想起来，如在眼前。

还有一次印象深刻的事，是随兄长于黄浦江里捉螃蟹。在江里捉螃蟹不是一件容易的事。那时候我才刚刚学会游泳。黄浦江不是一般的江，宽度在三四百米左右，深度达三四米。当时江里堆了许多树木，我们在树木里搜寻。发现就很不容易，捉到更难。有时看到了，如果不能迅速地用钩子钩出来，那它就逃之夭夭了。一下午的努力，只捉到一只，是只梭子蟹。黄浦东江里也有海螃蟹，当时也没有深想这件事。如今在写这篇文章的时候，这个疑问才冒了出来。

在电台工作时，有一次，部里组织去养鱼池钓鱼，钓的是白鲳。那种鱼吃相难看，太过凶猛，一直上钩不止。那天我们钓了有百八十条。许多年轻人还未成家，鱼拿不回去。我因住得近，他们就送到我家，约有六十七条吧。当时母亲住在北京，她一个人收拾，累得够呛，也送了许多给邻里。做完后，让我用一只脸盆，满满地盛了一脸盆鱼，大约有小二十条吧，端到办公室，大家吃得十分痛快。不过说实话，那种鱼的味道实在称不上美妙。

前几年到故乡，同表弟去钓鱼。这几年回乡，他们总是送我腌制的青鱼，这次是连钓带腌了。到了圩墩的一个水面开阔的养鱼塘，这么大的鱼塘，如果不喂食，这样的鱼与野生的也差不多了。我们钓了半天，也没有钓上，只是咬了几次钩。总是要收获啊，于是抄了两条养在网上的鱼。那鱼可是一点也不小，我脱了皮鞋，约有三只皮鞋的长度，都有 15 斤左右。记得是 17 元 1 斤，两条鱼要了我们 510 元钱。表弟把中段腌了，给我带到了北京。那个时候妻子在中国驻蒙古使馆工作，女儿在美国读书。这些鱼吃了不知道多长时间，也没有吃完。反正家里的冰箱中腌青鱼是断不了的，后来还源源不断地增加，最后都送了喜欢吃腌鱼的朋友了。

第三章

业在北京

北京第一夜

　　1983年8月，我们复旦中文系79级的学生毕业了。有5位同学相约8号一同去北京。上午，自潮和谢德昌帮我一起去北站托运行李。当时是行李跟人走，8号的车票，只能8号托运行李。8月的天极热，装书的箱子也很沉，一个人根本搬不动。托运完毕，大汗淋漓。又应朱智屏之请，去帮他托运。他住西宝兴路，离北站不远。到他家，他的行李还没有打包呢，这真让人苦笑。都什么时候了，办事这么拖拖拉拉的。后来知道，他行事风格就是这样的。几个人一起帮他打好包，拉到车站，托运完毕。再回家，吃完饭，赶到北站，出发去北京。2点多的火车，进了车站就上车，过一会儿车就出发了。

　　我们5个同学同行，黎惠娟、刘朝荣、朱智屏、于绍绑和我。当时车票紧张，5人只买到3张坐票，2张站票。还是自潮托了他的同事谢德昌帮助买到的。我们5人中也没有特别胖的人，所以，坐3人的车位上，我们挤了4个人，还有一人轮流站着。我们都是第一次出远门，很是兴奋，也不觉得累。车挤东西多，黎惠娟带着亲戚和同学送的东西，还有那些她喜欢的艺术品，苦不堪言。放东西的时候，四肢无力，重重地落在地上。我记得在车上，她带的那个断臂的维纳斯就连身体也已经断了，好像被人腰斩了，看上去惨不忍睹。最后下车时都没有带走，扔在了车座底下。

9号到了北京，出站遇上的第一人竟是一个要钱的妇女。我们小有愕然。于绍鄉同学不知看到、闻到什么，马上要哭了。黎惠娟、刘朝荣和我被分配到了广电部，我们同行。张抒同学先来北京，他接送的我们。到了广电部报到后，被安排到群艺旅馆住下。下午又去北京站取行李。一天下来，汗出如浆。到了晚上，我和朝荣去洗澡，部里、周围都没有澡堂，就去了西单。上了大1路，我们掏出5分钱买车票。售票员说，一毛。我们很惊奇，一站路，竟要一角钱？到了西单，发现澡堂关门。又打听西四有。上车，两站路。这次我们老实了，掏了一毛钱买票，这次却只要5分钱了。我们面面相觑。到了西四，美美地洗了一个澡。出来，看见门口商店里有卖冰激凌的。买了一个冰激凌双球，量很大，只要两毛六，大呼便宜，甚感北京上海大不同。

回到旅馆，看换下来的一身衣服，我和朝荣不约而同地说，休息一下，再洗。于是靠在被子上休息，不意马上就睡着了。第二天差不多同时醒来，发现还是当时靠在被子上的动作，没有变过。我们相视一笑，我们就这样靠着被子过了一夜。

这就是我们在北京过的第一夜。

在北京野泳

现在凡事讲究规范。规范是好事，但许多事情一规范就失去了韵味。

比如现在北京游泳，一定得到游泳池。游泳池是好，卫生。但也有不妙的地方，游泳的时候看不到天，听不到风，更感受不到雨的亲吻。

而野泳就不一样了，视野的尽头是树，仰望是天，倾听则有风在吟唱。时有云在飘，偶见雨在落，一切都是十分惬意的。

26 年前的夏天，我刚到北京，下班后常与几个一起到北京工作的同学骑上十多分钟的自行车，赶去玉渊潭游泳。当时的玉渊潭是个开放的园林，不收门票。骑车长驶直入公园，在一棵长在角落里的大树底下换上游泳裤就可以进入湖中。

我是从上海到北京工作的。当时黄浦江的水蛮清，还可以游泳，苏州河是万万不能的。但黄浦江水有四五米深，而且江上船太多。小船也有几十吨，大船上万吨。见了巨轮，我们躲得远远的。按理说上海是水乡，在河里游泳更方便才对。中学学农的时候，在浦东的河里游得比较多。但在黄浦江里，我只是偶尔在龙华一带游过几次。

来到北京，没想到可以在市中心的湖里野泳，水也比较干净，而且根本不用担心什么螺旋桨一类的东西，那种感觉实在好。

玉渊潭湖面比较开阔，但水性好的人是根本不用担心的。以我当时的体力，可以一气游上一千米，但我还是比较小心，只是在水面不太开阔的地方来回游，那种地方水也不太深。只要你不逞能，不与人较劲，是决无生命之忧的。媒体上报道的溺水者，我想多是泳技不高、又比较冲动且做事不太留有余地的人。

身在湖中，心在湖中，灵感也仿佛一起来到湖中了，顺口吟出一副对联，"四面烟波可入画，一湖山水宜作诗"。只是当时运动之心远胜对句之心，所以并无多少俪言留下。

夏天的日照较长，游泳时间长了，浑身晒得黑黑的。套用现在的话来说，我成了一个名副其实的"阳光青年"了。有的时候，去游泳的时间在雨后，闸上放水，就可以看人捕鱼。那时湖中的鱼还真不少，常见人用网捕捉了若干小鱼，喜洋洋地回家。而我们的整个夏天，也随着水和鱼游走了。

现在回想起来简直是人生的福气。如今的年月，野泳是不大可能的了，公园里到处都是"严禁游泳"之类牌子，而且公园也开始收门票了。收门票，就与野泳不太沾边了。

现在要游泳，只能去游泳池。在游泳池游泳，仅仅是锻炼身体，趣味是有限的。你感觉不到水草在水底悄悄挠你的脚，看不到小鱼与你一起嬉戏，也没有树叶与云彩一起在飘扬。在游泳池游泳，就是我们把自己变作是水族箱里的鱼一样，做简单的来回，单调而乏味。所以现在的城里人，越来越向往郊区，越来越向往大自然。尤其是像我这样岁数的人，虽然长在城里，但小时也常常同泥土和河水为伴，对田园更是向往。田园是什么？田园就是泥土、河水与青草。田园是我们心灵的家。

鸭子桥旁蟋蟀声

二十多年前，我住在北京南城的鸭子桥，那是中央电台为青年人租的集体宿舍。

现在的鸭子桥是北京二环路的西南角上一个不错的地方，马路宽达双向八车道，加上辅路，有十车道。边上的鹏润家园也是上等的住宅，每平方米的房价在三万元。但在当时，鸭子桥是个幽静的城乡交界处。

53 路公共汽车的终点站就在这里，最晚的公共汽车是晚上九点半的。一看这时间，就知道是如何的偏僻了，城里的车末班车没有这么早收工的。

就在现在的十车道的原址，当时有一座很小很小的桥，说它是北京的另一座半步桥有点夸张了，说它是二十步桥最是合适。一座桥，二十步走完，完全可以想象它是多么小的一座桥了。

过了桥，全是田地。也不种什么值钱的菜，多是一些玉米、南瓜。一条窄窄的土路不知伸向何方。这里离市中心的复兴门只有三四公里路吧，想象不到已经是这样的荒凉了。我们的宿舍从马路拐进，那是一条不平的土路，冬天雪后，车辙深且硬，不知多少同事骑车在这里摔过跤。

集体宿舍也没有什么做饭的条件，时间长了，你会痛感人生就如一只寄居蟹。

我们住的鸭子桥宿舍离53路鸭子桥终点站还有些距离。夫人当时还在年轻貌美的行列，工作之余还上学。当时宿舍条件也不好，没有电视，更无电脑。晚上除了看书，没有太多的事情可做，所以常去车站接她。

有时车子晚点，我就一个人在车站徘徊。月亮清冷，地里沙沙作响，昏暗的路灯下秋虫的歌声此起彼伏，竞相放歌，仿佛是生命的吟唱。我喜欢秋意，倒是蛮喜欢这种秋凉的情调的。有时不自主地向田地深处走走，它们顿时没了声音。稍待一会儿，又竞相放歌。歌声或低或高，如同有几个声部的和声，在风中穿越，那种感觉美妙得好像自己也会随着蟋蟀的歌声飞扬起来，让人忘记这是偌大一个都市。有时看着月光，和月光下所有孤寂的影子，包括自己的影子，吟着一句句诗句。那首叫《冬夜》的诗是这样写的：

目光忧郁与寒星交接

冷清的夜

猫一声嘶唳恐怖

战栗

星星与我皆成

无人的孤岛

今天想来感觉非常奇怪，当时怎么会有这种心情，凄丽而清，难道是因为没有房子住的原因吗？

现在的鸭子桥地名还在，但我们住的那几幢两层的楼房早不见踪影了。而且宽阔的马路一直向南，延伸到南三环、南四环，甚至与高速公路连在了一起，早已看不到哪里是路的尽头了。但我的脑子里，还有一座小桥，还有满地的青草、玉米和南瓜。

今天补一首汉俳，权且题作《鸭子桥回忆》：

近郊荒野月，

蟋蟀歌吟赋离别，

犹有枝头鹊。

调子衔接着《冬夜》，但枝头的喜鹊却在唱着歌。那是一种变化，而生活就是体验变化。我是同50年代毕业的大学生同样地拿过六类地区的46元、56元工资的。看着北京近三十年来的变化，看着中国近三十年来的变化，我真为自己感到幸福。因为这种变化，自己也是亲笔描写过的，幸福是这样的：在我们短短的一生中，你经历的是别人两三辈子的经历，这种经历，虽有起伏，但总体是向着天堂的方向前进，就是幸福了。

我的八年七旅馆生涯

古人说：安居乐业。居不安，业难乐。中国人多，房子是永恒的话题，《蜗居》引起热议势所必然。想当年，我的生活还比不上蜗居：旅馆——不属于自己的居所。

1983 年，我大学毕业，分配到北京工作。我刚到北京的第一天，人事部门把我安排在单位对面的旅馆里。旅馆名叫群艺，是半地下室的，这旅馆现在还在。我们住的那一面连窗子也没有。五个人，两个复旦学生，三个厦大学生，挤在一间只有十二三平方米的房间里。我给家人和老师写信，得把箱子立着放，在上面写字。当时年轻，又处在一人吃饱全家不饿的状况下，加上刚刚工作，新鲜感尚未退去，从宿舍到旅馆，没有感觉有什么不同，也没有感觉十分不便。但没有想到，我们住了不太长时间就被赶了出去。我是 8 月 9 日报到的，那个时候是天气最热的时候，旅馆也没有空调。南方人夏天有个习惯，就是用凉水冲洗，结果我们总是把水房弄得湿湿的。这加大了服务员们的工作量，她们就不高兴了，要把我们赶走。当时旅馆不好找，不像现在是店多客少。我们说尽好话，也不管用，只好搬走。赶我们走的另外一个原因可能是有一两个同住旅馆的同事想与年轻的女服务员谈恋爱，但被认为是"影响不好"。几个人都没有谈成，多是被她们或她们的家长婉拒了。

第二家旅馆叫太平桥旅馆，很小，是一个理发店的附属部分，只有五个房间。那时连这样的地方也没有空床，我只好睡在一张加床上。那张加床最多只有一米七长，不如我的身高，我不能平躺着，那样脚就伸出床外了，只能侧着蜷曲着身体睡觉。

后来我们就搬到广安旅馆，这是我们新闻部副主任沈纪替我们找的地方。这旅馆是一家电子厂多余的办公房改造的，老沈的夫人是这个厂的会计。我们都认为，老沈是好人，好人一路顺利，后来他升任中央电视台的副台长。住广安旅馆的最大好处是我们可以买饭票在工厂的食堂吃饭，这解决了我们吃饭的大问题。冬天，工厂食堂外面存放许多大白菜，我们有时就"顺"一棵。白菜一两分钱一斤，便宜得很，服务人员也懒得管这事。我们剥去白菜外面的菜帮子，只留菜心，借着传达室的炉子，煮一锅面吃了。房间里还有一个水龙头，洗锅洗衣服都不用跑到屋外去。

广安旅馆住得还行，但我们那时上早班，半夜两点就要起来，旅馆有时锁门，不太方便，于是又搬到青年旅馆。它在单位的旁边，上班走路五六分钟就到。其间一个同学兼同事结婚，我和另外一个同事便搬到另一个旅馆去。暂时让给他度蜜月。

后来台里在城南的城乡接合部鸭子桥租了农民的房子，美其名曰"青年公寓"，把一批年轻人都弄到那里去了。那时我已经结婚，但还是没有分到一个单间，只好与两位同事同住。后来同事陆续搬走了，这里就成了我的家。住鸭子桥最大的好处是每天早上可以听到大群的鸟在树上唱歌。我的屋子里还有一只壁虎，闲来无事，就捉几只蚊子喂它。不好的地方是，这里没有饭吃，只好天天从单位的食堂里带回来。有时打打牙祭，用电饭锅炖一只鸡吃吃。如果不把门关好，屋子就成了苍蝇的世界了。这农民房子的质量疑似伪劣，一遇到雨天，就漏雨。在屋里支伞避雨，这绝对是难得一见的风景。

后来鸭子桥租期到了，我又搬到裕民旅馆，这是一个煤厂办的旅馆，比较脏。好在那时夫人单位借她一个 8 平方米的小屋子，所以旅馆就成了放东西的地方。后来母亲到北京来，我又住回旅馆里了。直到1991 年，单位分了我一间房子，是个四居室，三户人家合住。这时，我才告别了住旅馆的生涯。

令人感慨的是，四分之一世纪过去了，"蜗居"犹在。

用二维码登机

不是我不明白，这世界变化快。现在世界变化太快，老同志赶不上，年轻人有时也搞不明白。

5月16日，去香港采访，为香港回归20周年的报道做准备。当天开"一带一路"峰会，交通实行管制。我提前3小时出门，感觉时间较为充裕，便给同事贾雯打个电话，捎带上她。只不过多走4公里的路，想来不会影响登机。平时去机场我一般提前2个小时，今天足足增加了一半时间。司机刚从东边过来，说是路不算堵，心里放心许多。不意上了两广路，每个路口堵了好几分钟。一段4公里的路，开车足足走了70分钟。路上不停地与已到的同事联系，希望飞机能够延误。但是最后来消息说，已经停止办理登机手续了。11点20分起飞的飞机，我们到机场时已是11点10分。关了闸口，办不了登机，我们只好去改签。改签又说不行，说我们已值机了。这让我们有点吃惊，我们只是事先用手机选好了座位，大概选了座位就算是值机了吧。正要去退了值机再办改签，一个工作人员说可用二维码登机。我们大吃一惊：现在还有这样的新鲜事？我们问个仔细，贾雯立即试了下，还真行，立即办了登机手续。我无二维码，也不会。贾雯当场在"航旅纵横"上帮我下载了。她还想帮我用免费的，我说没有时间了，只要在可以接受的范围内都行。她问这个可以接受的范围是什么？我意大概是二三百元钱以内吧。最后只用了一分钱。我们边疾步快走，边下载。下载了二维码，在入口扫描，闸口顺利放行，然后通过安检。

过了安检，我们放下心来，直叹：这次新老同志都遇上新问题了。要不然，得先退了已办的值机手续，再改签，再等下一班飞机，就不知什么时候才能到目的地了。飞机不出所料误点。大概等了一个小时。看看还不飞，我们就吃饭去了。找了个餐厅，刚点了菜，还没有付钱，机场通知说开始登机了。我们只好向服务员表示道歉，而坐在我们后面的乘客刚刚交了钱，不知他后来是如何结束了，是退了钱还是吃了饭。我们上了飞机，又在飞机上等了不少时间才起飞。

那天的过程，令人印象深刻，而感受最深的是：有一部手机，可以走遍中国。

2017 年 7 月 4 日

包容的北京

身为在北京工作的上海人，无数次地被人问及：北京与上海哪个城市好？我的回答会随着自己的感受与认识的变化而有不同，但基本上都是平时自己感知得到的那几项，如环境天气、山水建筑、住房交通、饮食购物、历史文化、市民素养、文明执法、社会秩序、人员收入、生活成本，等等，整体感觉是两个城市各有千秋，不相上下。

但有一点，可能北京会胜出，就是北京的包容度，这确是其他城市无法相比的。只要你生活工作在北京，不论说什么方言、有没有北京户籍，都可自称北京人。没有真正的"北京土著"会说你"攀高"，你自己完全可以坦坦然然地就这样以为。没有几个人会说你是"外地人"，更不会说你是"乡下人"。

似乎什么样的文化都可以在北京找到根，似乎什么样的戏曲在北京都可以略有耳闻。机关大楼里的人们所操语言五花八门，连很少听到的西藏康巴、安多方言在我们广播大楼里也可以听到。

在中国，也许北京是民族最齐全、各地人员最齐全的地方，它的户籍人员中包括了中国56个民族。好像只有北京，有着如此明显的"全国色彩"。许多著名的大学，不只是北京的，它们也是全国的。据相关资料反映，2010年，北大在北京招生计划与2009年的290余人持平。以这个数字推算，北大、清华中的北京籍的学生约占8%。此外，北大、清华中的院士，90%以上都是操着各地方言的外地人。许多北京著名的商店，前身来自全国各地。三四十年前的广电大楼里，吴语通行。许多北京的著名景观，如北京天安门，虽然前面冠之以北京，但大家都认为，这是全国人民的。

新中国成立以来，北京市的户籍人口从1949年的200多万人，发展到现在的1300万人。其中新增的部分，绝大多数来自全国各地。可以这么说，北京是中国最大的移民城市，是全国人民建设出来的，是全国人民的活动中心。正因为如此，北京才与众不同，它气象万千，包罗万象。

北京人真好

1983 年，我们从复旦大学毕业，分到北京工作。同学刘朝荣分到广播学院，我们在休息的时候，有时会到学校去踢球。有一次，从广播学院回来，在学院北边马路上等公共汽车。时间很长，也没来车，我们也不太介意。虽然来北京时间不太长，但我们已经产生这个印象：北京的车不太守时。有一辆自行车驶来，在我们面前明显降低速度，骑车人还仔细打量了我们，然后慢慢骑走了。我与朝荣相视一笑：那人想干吗，打劫？我们刚工作，无利可图，再说，他一人也未见得是我们两人的对手。我们并不在意，继续说笑，继续等车。过了一会儿，那个骑车的人又回来了，问，你们是不是在等车，我们答，是的。那人说，那辆车已经改了线路了。你们赶紧去南边等车。我们十分感谢，匆匆忙忙地往南，一边直夸北京人真仗义。按那个人骑车的速度，他肯定骑出了一两公里路了，又回头来告知我们。此事过去了三十多年，我与朝荣还是记忆犹新。

年纪大了，我爱散步。北京路宽，最适合散步了。常在路上遇上问路的人，问什么地方怎么走。我认真地告知一番，有时问路的人不是很清楚，我会带他们过去。反正我是在散步走路，往什么地方走都是一样。但这样产生的效果可真不同，带问路者到了目的地，他们常常感谢我，说北京人真好。我说，是的，是的，北京人真好。我是上海人，上海人也好。问路者忙接话，是是，上海人也好。如此，我们告别。我想，我这个举动肯定为上海人赢来些许点赞。

2002 年，我得了肾结石，手术前，医生在我身体里先放了一根导尿管，说是石头碎了以后，落下，会在输尿管里产生石街，堵塞尿管。道理听起来不错。手术正常。休息一周后，要把导尿管取出来时，我在手术台上躺了三个半小时，医生说拿不出了。我说，能放进去，怎么会拿不出来。医生说，我可能长得与人不同，或有一个角度，所以有点困难，我说，放管的时间不过用了半小时，好像没有听你们说我长得与众不同，再要拿出管子，又说我与众不同，理由不够充分啊。三个多小时，注射了三次麻药，也无结果。我昏沉沉地躺在病床上，等着下一次的手术。

一个从海南来北京的病人，70 来岁了，得的是"肝占位"。这是我第一次知道这个病名。医院没有床位。医生与我商量，大意是我的手术做完了，管子一时也拿不出来，是不是可以先出院，等可以做一下次手术的时候再来。我同意了，我不能看着一个重病患者因无床位一直在医院外等着。虽然我有理由不出院，但我还是同意了。那位老人得知我愿意提前出院，很是感动，对我说，北京人真好。我笑笑，心忖，我不能医病，但也有一颗救人的心。

北京人真好。上海人真好。有善良之心的人真好。

在火车上失窃

我当记者的时候是跑铁路的。曾有一句话形容盗贼厉害，叫"铁路好坐，衡阳难过"。所以过去在火车上失窃，也是常有的事情。我自己就遭遇过一次。

90年代初，出差苏州、无锡，当时车速慢，都是要在车上睡一觉的。第二天醒来，发现自己的密码箱不见了，当时还以为是不是被人移动了地方，但左看右看，还是不见。睡在对面的小伙子说，他的鞋子也不见了，他说他那双鞋是什么名牌。地上只是多了一双烂鞋，还整整齐齐地放着。我们感叹这个小偷还很从容不迫，并无慌张的表现，大概是个惯偷了。从现象来看，他有充分的时间行窃。我们向铁路警察报了案。箱子里没有什么值钱的东西，就是一本我记录了七八年的日记本比较珍贵。当时也曾犹豫过，要不要带，我平时都是不带的。这次不知怎么糊涂了一下，就把七八年的记忆丢失了。

我拿着一只水杯下了火车，接站的苏州市委宣传部的朋友感到奇怪：你就是这样出差的？什么也不带？我告诉了他们我在车上的遭遇，他们送了我一只箱子，还买了替换的衣服，帮我解决了困难。

回北京市不久，北京铁路局的警察给我打了电话，说是案子破了，让我去取东西。去了以后，东西基本都在，可惜的是一个记载七八年时光的日记本没有了。这造成了我这么多年回忆的空白。这也罢了，那个警察还在那里斥责了我老半天。真让我感到奇怪，我又没有做错什么事，我只是箱子被人偷了，向他们报了警。难道是我增加了他们的工作量？或是要我写感谢信？要写感谢信也得在我拿到箱子后写啊，当场写好交给他们也不太合适啊。那个警察还在不停地数落着我，我都有点烦了。我口气十分温和地告诉他，我是中央人民广播电台跑铁路口的记者，是为铁路部门服务的，也是为旅客报道新闻的。我的名字他们在我报警的时候知道了。若是不相信，北京铁路局的局长是谁，电话是什么，铁道部副部长是谁，电话是什么，你打电话可以查证，他们都是我们中央媒体的朋友。那个警察听了，不再吱声，挥挥手，让我走了。

我至今还奇怪，他们为什么要说我呢？

职业改变性格

　　我小时候是个内向的人，甚至有点沉默寡言。现在人有问我当年性格如何？我这般回答，他们都不相信。我笑说，是啊，鬼都不信。但我自己知道，当年我就是一个不爱讲话的人。其实现在有时也会这样，可以一天不说话的。

　　大学毕业的时候，我很向往当一个副刊编辑，这既是爱好所然，也是性格所然，这样就可以躲进小楼，营造一个自我的小天地来。但是此愿未能实现，而是去媒体当了新闻记者和编辑。先是在中央电台新闻部编稿，这也是基本上不太与人打交道的工作。一年半后到经济部当了记者，这可不能不与人接触了。记得主任安排我跑几个口，其中之一是地质矿产部。一天去地矿部联系工作，进得大门，在新闻处门口的走廊里来回走了不知道多少趟，眼看日近西山，人家要下班了，而我若是没有与人联系上工作，回台里实在无法向主任交账，只好咬牙切齿、捶胸顿足给自己打气，然后推开了新闻处的房门。不意人家十分客气，热情接待了我，大概毕竟是一个中央媒体的记者来访吧。我跟人说，电台跑地矿口的记者以后就换了我了，希望多多提供关照。人家还真是关照，我在那个时候写的一篇比较满意的稿子是《红花是用心血凝成的》。

如此这般迈出第一步后，我心里大大地舒了一口气，毕竟回去可以向主任交差了。后来我又与冶金部等几个部委联系上了，慢慢地打开了工作局面。因为电台跑口的记者不算多，所以一个人要跑许多部委。我记得自己能与新华社的四五个记者在工作中相遇，也就是说，电台一个记者站跑的口差不多是新华社的两三倍。

常常与那么多不同的人碰在一起，而且采访总要不停地主动出击，问人问题，所以性格都开始变化，不是被动型的，而是主动与人套近乎，问人问题了。一年后机构改革，我又换了部门，到了地方编辑部当了编辑。但一年记者的生涯已经改变了我许多。

六年后，我又到新闻采访部当了记者，那个时候，更是与以前大不一样。回到上海，许多同学都说不认得我了，我变得十分爱说话，而且常常妙语连珠，开起玩笑来也是无边无际，不管人家受得了受不了，反正他们说我，我是无所谓的。同学们大都在研究单位工作，见到我等这样的主动说人的同学，也只好笑笑。同学黎惠娟说，7911的人没有被诸雄潮挤兑过，就不算我们班里的人。实际情况大概也差不多。

那个阶段读书又多又杂，吸收能力又强，读的书都用于工作了，同时也用来说笑别人。

我常说自己是见人说鬼话、见鬼说人话。说了不少，但常常是脱口而出，说了便忘。有同学倒是记忆深刻，偶有说起，自己感觉虽然句子很妙，但我不承认是自己说的。他们一口咬定是我说的。得此鼓励，后来又有了电脑，我自己后来都把妙语记录下来，想编一部《魔鬼字典》，或是《雄潮金句》，但因自己兴趣太广，对什么事情都喜欢涉猎，最终没有成书。但谁知道呢，或许将来有空，出它一本也未可知。

这里先抛出一个，作为引子，将来如何，视情况而定。

导弹——国家疆界的涂改液。

至于那些挖苦人的话，就不记录了。

一次未果的见义勇为

20 世纪 80 年代，某个冬天的晚上。半夜，隔壁传来较大动静。妻子推醒我，示意有人在隔壁的屋里翻箱倒柜。我仔细一听，果然如此。冷静后心里纠结起来，要不要出去制止？那很可能是一场搏斗。如果歹徒有刀，自己不敌，或许会流血，甚至牺牲。心里犹豫的时间不算很短。最后决定还是要出去管一下，不然良心上过不去，自己也会在道义上谴责自己。

妻子也支持我。她是老红军的后代，从小自带正义的光环。我迅速穿上毛衣，穿上拖鞋就要出去。在门口，手握门把，想了一下，以为不妥。大冷的天，出门与坏人搏斗，只穿毛衣并没有什么防护能力，于是把皮夹克穿在了身上，并且特意在左胸口的口袋里放上了工作证。中央电台的工作证不薄，万一我被人捅上一刀，那确有生命之忧。如果有个物件挡着心脏，生存概率要增加不少。又脱了拖鞋，换上皮鞋。隔壁的声音依然很响，感觉歹徒十分猖狂，旁若无人。对这样的亡命之徒，一定要高度警惕。于是我又找出一把子母刀，感觉还很锋利。我拿上一把大的，让妻子拿上一把小的。告诉她，万一搏斗不利，也不要管什么是不是正当防卫，勇敢地在坏人背后捅上一刀，保护不让我当场倒下就行。并且让她也穿上了较厚的衣服和跟脚的鞋子。那个情景确有有去无回的样子。

推门出去，看到走道里的大门关着，我轻轻把门打开，以利歹徒逃窜出门，不让他与我作生死搏斗。他逃到院子里，我大声疾呼，歹徒要逃跑也不易了。都准备好了，我右手紧握利刃，左手紧紧抓住隔壁房门的门环，慢慢地推开大门，看见一个人影，有模有样地坐在那里不知在干什么。我低沉地喝了一声："谁！"倒是把那个人吓了一跳。他见我手持利刃，一脸凶相，赶忙说："我是他的同学。"我没有见过此人，并不相信，依然一手抓住门环，一手握住刀。僵持了几秒钟，妻子从门缝中张望，看清了那人，赶紧说："这个人是隔壁邻居的同学。晚上他们在一起喝酒，我见过他。"

原来这个所谓的歹徒是我邻居的同学，当时他不知是出差还是回老家，来同学处喝酒。我们这儿南礼士路地铁车站可直达到北京站，比较方便。他们两人喝酒喝的时间长了，那个外出的同学误了火车，就折回到我隔壁的邻居这里来睡觉了。而我的邻居送走了同学之后，又不知到哪里去了。单身汉，可以理解。那个同学在走道里走来走去的，一直在等同学回来，但怎么也没有等回来，就把隔壁的锁撬了。进门之后，找了脸盆洗脚，所以弄出许多声响，也惊醒了我们，结果导演出了一场我的见义勇为的正剧。虽然最后的结果是我没有成功地见义勇为，没了当"英雄"的事迹，但我还是为这个结果感到十分满意：邻居同学是好人。而我自己，身体未受损，英雄心依然。

第四章

食在胃里

茶是君子

我以为，烟酒茶三者之中，烟为隐士，酒乃豪杰，茶是君子。

隐士多在烟岚间，有点看不清，能看清的便不是真隐士。豪杰多在纷争中，有点血腥味，为自己争江山、夺美人。君子多在本色里，最淡雅，最无私。所谓"客至心常热，人走茶不凉"是也。

茶性平和，功用却多。

它能治病，也能强身。《神农本草》中说："神农尝百草，一日遇七十二毒，得茶而解。"茶叶中，茶多酚能溶解脂肪，可以降脂。咖啡因和茶单宁有防止冠心病的作用。鞣酸能抑菌、消炎和抗衰老。有一茶联说，"得与天下同其乐，不可一日无此君"。茶到了这份儿上，几与粮食有同等功效，强身的作用自然是题中应有之意了。

它能清心，也能养神。许多茶楼都高挂茶联，最妙之一是这幅，"趣言能适意，茶品可清心"，回过来则为"心清可品茶，意适能言趣"。颠来倒去，不离"茶可清心"这个意思。心清则气正神爽，"两梁正气开壶走，一路清风挽袖行"。喝茶一壶，"从心到百骸，无一不自由"。

它能雅志，也能修炼。"以茶养廉""以茶雅志"是中国茶人最优良的传统。"禅茶一味"，说明这两者是相通的。诗僧皎然提出"全真茶道"，包含了品茗、清谈、赏花、玩月、赋琴、吟诗等博雅内容。赵州和尚对所有来拜谒的僧人都是一句话，"吃茶去！"可见喝茶是有助于修炼的，领会了这个道理，才能顿悟。所以赵朴初有诗云："七碗受至味，一壶得真趣。空持千成偈，不如吃茶去。"

茶也是人品的试金石。当年，中国把最好的东西——茶给了西方，而西方给我们中国的则是鸦片。鸦片的毒之烈，是茶都难于解的。做人的境界差距就是这么大。

转眼清明就要到了。新茶也马上要上市了，明前茶是珍品。届时，清风明月下，手握君子，与之一谈，何其快哉，当作联以助兴：热壶中有清凉世界，新叶里存古道心肠。

初尝豆汁

　　我自称美食家。凡到一个地方，当地美食是一定要尝尝的。但来到北京 27 年了，却一直没有尝试过豆汁，颇有点"真人在前，未及膜拜"了。

　　今年夏天，同事邀我去品尝了一次。豆汁是水发绿豆研磨沉淀后处在水层上部的浆水，所以带有点灰色。小啜一口，再品一杯，同事问我感觉如何。我说，它不像拥有这么大的名声般的好，也不像诋毁它的人说得那样的差。它吃起来要配以焦圈和咸菜。焦圈是一种面食，做得几近焦状。咸菜则是很普通的咸菜，我估计是用来提味的。因为豆汁本身不甜不咸，没有什么味道。佐以其他食物如咸菜，便有了一点咸的口感了，味道稍接近上海的咸豆浆。

　　豆汁看来太普通，我不明白，为什么这东西会成为北京有名的小吃呢？它没有稀罕的原料，没有繁复的工艺，没有难得的味道，从任何角度来说，它都缺乏成为名小吃的外部条件。我想可能还是我国过去太穷，物质匮乏，老百姓难得有美味佳肴可吃，经常能喝到的只能是这种普通的饮料。由日常饮用而生喜欢，百姓们感谢它丰富了自己的饮食生活，最后把它抬到了名小吃的地位。

虽然对豆汁的看法没有什么变化，但改革开放三十年了，物质已经极大地丰富了，北京也总得为自己创下几个名小吃吧，不能总是拿这样的名吃作为自己饮食的招牌吧。豆汁虽然不像听闻的那样难喝，但现在它的名声几乎占据了小食名品第一的位置。

我来北京 27 年才初次品尝，对此确有感慨：很多东西，不能期待太久，期待得越久，没有感觉的可能性就越大。这就如同美人，你能试想期待她 30 年吗？不能。过了 30 年，再美的美人不说她惨不忍睹，至少也是花容失色吧。当然，也不可反感太久，长久未去实际体验一下，也会与真实渐行渐远。另外，我还产生了另一种看法，把一种东西长久坚守成为传统，要下的功夫与创新差不多。

我们要承认，文化、传统这东西有时真有它的独特之处。前两天看一个鉴宝节目，一个非洲人开玩笑地说，中国和非洲有文化差异，鉴别宝物的方法也不同。你们是目鉴，我是鼻闻。许多在别的民族、别的地方看来是不可思议的事情，而在这个民族、这个地方的人看来，这些就是他们的文化、他们的传统，而文化与传统并无高低之别。荷兰人不就是把土豆、胡萝卜、洋葱混在一起烧的菜尊为国菜的吗？

所以我们要有包容心，要学会欣赏。有了包容心，这世界才会丰富多彩。有了丰富多彩的世界，我们才生活得兴趣盎然。而学会了欣赏，生活到处有无穷的滋味。

喝绿茶的心情

春游苏州、常州，畅饮洞庭碧螺春、溧阳白茶、金坛雀舌。茶新叶嫩，水柔壶空，心宁静神清醒，通体甚为舒畅。

曾闻年资比我深的人士感叹："唯美女不可收藏。"其中颇有人生易老、花容难留、生命苦短之悲凉。因绿茶不易保存，短短数月，便香消玉殒。故喝绿茶的心情，正与此相仿。

中国是茶的故乡，品种多样，有白茶、黄茶、绿茶、红茶、乌龙、普洱等。如果以年纪来区分，白茶、黄茶如儿童和少年，存放一年，依然鲜嫩。乌龙如壮年，红茶如中年，过了青春期，状态较稳固，它们兄弟俩可长久地保存初始状态。普洱如老年，越老越有味道。乌龙、红花和普洱皆可收藏，普洱甚至有年头越长价格越高的特点。茶中唯有绿茶如花间少女，最易花容失色，青春不在。浙江人把龙井放在锡纸袋中，再置入罐中，外糊泥浆，如同叫花鸡一般。到了冬天，再拿出来。这样，茶香、茶色能保持得充分一些。但即使如此，味道总是要稍逊色于新茶。绿茶的保存时间，无法和乌龙、普洱等相比。普洱甚至不用什么外包装来帮助储存，它是恨自己年头不够长啊。

绿茶如美人，不可收藏，它只宜即时喝。所以我喝绿茶时，时时抱着"莫辜负好时光"的心情。江南人多喝绿茶，他们中的不少人都有这样的经历：得一筒上好的绿茶，不舍得喝，藏之许久。等开启饮用时，茶叶变枯黄，茶香已失却，茶味减许多，于是后悔不已。这是不会享受生活的表现。绿茶，尤其是上佳的绿茶，切勿珍藏，要得之既喝，喝它的最新鲜最美味，这才符合绿茶的本意。一个"绿"字，正表现了茶的原生态、新鲜状、生命力。枯黄的叶子不是茶人的向往。"旗枪""雀舌"最形象地表示了新叶的形状。我们常说，茶禅一味。茶中有禅的清寂。其实，茶与道家也亲近。道家重视养生，修身养性，活在当下。喝绿茶，不正是这样的心情吗？所以，茶道一体。

如同生活需要配套一样，喝茶也一样，要好水、好心情、好环境。好水化出好滋味，好心情、好环境托现、映衬了茶之好味道，但对绿茶而言，所有的一切，都不如喝的时光重要——它要趁着新鲜即时喝。对绿茶，我们要得之即饮。特别是上好的绿茶，更要如此，不然我们无法品它的妙处。正如我们活在当下，莫到白发悔昔时。

溧阳三白

发现是美好的。今年清明后，随常州籍中央媒体记者团回家乡走访，到溧阳，我有一个新发现：溧阳也有三白。它很有特点，只是"溧阳三白"这个称呼以前没有人这么归纳称呼过。

太湖三白很著名。太湖银鱼、白鱼、白虾，可谓成名已久。溧阳三白，与全是水鲜的太湖三白相比，则另有特点。溧阳三白，一是白汤鱼头、二是白茶、三是白芹。

白汤鱼头就是天目湖鱼头。它的原料用的不是白鱼，而是天目湖里的花鲢鱼。花鲢虽然不占一个白字，但天目湖鱼头这道菜做出后，汤汁浓白，连鱼仿佛也是白的一般。原料用四五公斤的花鲢鱼，除鳞去鳃洗净后，在头后三公分处将头剁下，煎黄捞出放入砂锅中，注入甘甜清冽的天目湖水，辅之以八种辅料，用文火煨数小时。上桌后，汤色乳白，鱼肉白里透红，细嫩似豆花，美味异常，无一丝土腥味。据说，邓小平有一次尝过后称赞道，"这鱼头是今晚最好吃的一道菜。"这道菜由江苏名厨朱顺才研创，如今已经是江苏传统名菜了。我们此行，多次品尝。我们虽然都是常州籍人士，以前也多次品尝过这道菜，但此番在白茶、白芹的映衬下，味道与往常相比更不一般。

溧阳白茶是溧阳最新培育成功的茶类。它原产安吉，溧阳引进后，依靠当地自然条件，精心培育，现在大有超越之势。我是茶的酷爱者，坐在车上，一路多见茶园，心旷神怡。入到茶园，采摘数枚细叶，清香得扑鼻。白茶牙叶细嫩，叶背多茸毛，加工时不炒不揉，晒干或用文火烘干，使白茸毛完整地保留下来。它的外形十分优美，芽头肥壮，汤色黄亮，滋味鲜醇，叶底嫩匀。冲泡后品尝，滋味鲜醇可口，回味无穷。它还能起药理作用，中医药理证明，白茶性清凉，具有退热降火之功效，是不可多得的珍品。我们在茅山顶上小坐，听雅音，赏美景，一杯白茶在手，看杯中新叶徐徐沉底，神情都随着满目青翠摇曳起来。

溧阳白芹是江南佳肴中的一绝，我在其他地方不曾见过。它色香味形俱全，口感甚好，是冬春之际餐桌上颇受欢迎的时鲜菜。我很爱吃水芹，药芹也颇喜欢。此番尝到白芹，三芹俱尝矣。溧阳白芹的茎、叶柄中还富含多种维生素和无机盐，其中以钙、磷、铁的含量较高，具有一定的药用价值，可起到清洁血液、降低血压的功效。冬春之际，有此一道新鲜的蔬菜上桌，满桌增色。

太湖三白、溧阳三白各有不同。太湖三白都是水鲜，以鲜美著称。而溧阳三白更有特点，它有鱼、有菜、有茶，形式各有不同，内容更为丰富，得到更多的人的喜欢。常州驻京办主任王亦农兄得知我的发现，称赞道："溧阳三白"是溧阳叫得响的一张名片。

野生鱼

同事休假回家，回京后给我带了两条鱼，其中有一条是白鲢鱼，同事特别强调，这是上午从黄河里打捞上来的，野生的。

中国四大家鱼草青鳙鲢中，我以为味道最差的就是白鲢。所以，收下鱼，我没有当作一回事。

我去过黄河边的不少地方，从贵德到兰州，从银川到包头，从壶口到花园口，直到东营，吃过当地的不少鱼。也许吃到的不是野生鱼的缘故吧，反正以前我从来没有觉得黄河的鱼有什么好吃的地方，更不用说是白鲢了。在菜场里，一般也不会特别地留意它。你想想，这黄河，水太黄，能见度低得很，食物也稀少，不知这鱼在河里能吃到什么。而白鲢，也不是以美味著称的鱼类。

当天晚上烧了吃了，才发现，这野生的白鲢鱼与养鱼塘里养的还真是大大的不一样。白鲢鱼竟有这样的味道，真出乎我的意料，它的味道还真是鲜美。也许真是因为它在黄河里吃不到什么，长得慢，才别有味道吧。

中国四大名鱼，其中有一个是黄河鲤鱼。以前也吃过，没有留下什么印象。我真没有想到，这次黄河鲤鱼有这样的味道，给我留下深刻印象。看来，只要是野生的，还真是大不一样。现在吃的鱼，给人能留下深刻印象的不多。真正能留下美好印象的，大多是野生鱼，只是现在野生鱼是很少能吃到了。

为什么我们现在的食物味道越来越不好了？我们现在菜场里，瓜果蔬菜、鸡鸭鱼鹅多了，味道却差了，其间不过二三十年的时间。有人给我的理由是，中国人多，为了满足需要，扩大产量，必须加快生长期。食物或饲料不一样，长速就不一样，味道也就不一样。我们现在吃的鸡，一辈子只见过两次太阳，出生与死亡时，有的可能一辈子都没有见过。

我不是科学家，不懂其中的道理。但我想，生长期短的，一定味道不好吗？竹子的生长期很短，味道也不错啊。也许，我们为了求得不正常的快速生长过程，在饲料或肥料中放了不应该放的东西，破坏了原有的味道了。日本人喝牛奶，战后二十来年，人均身高增长近十厘米。我们也喝牛奶，也增长了一点身高，但给人印象更深的却是肾结石和大头娃娃。现在一些菜农家后院种的是自家吃的蔬菜，大田种的是别人吃的蔬菜。我们的食品安全成了大问题。这与以人为本是完全背道而驰的。

食物，我想还是应该复原它原有的味道吧。不然我们的下一代会以为，这些食品本身就是这种味道。如何提高产量，又能保持原本的味道，这是一个大课题。

每每想到此，我就有点想念那野生鱼。

神奇的安化黑茶

　　湖南四水，唯资水尚清。安化在资水中游，出产黑茶，盛名远播。去年初秋，出差于此，朋友建议去喝黑茶，并说此茶可降脂、降糖、消食畅肠胃。我一听，立马来了精神，很愿意一尝。

　　安化东距长沙仅240公里，但路途并不十分顺利，也许这正是好茶出在深山的证明吧。安化黑茶在唐代已颇有名，史料中有"渠江薄片""其色如铁"的记载。明洪武二十四年（1391年），朝廷规定要安化每年贡芽茶22斤。那时还没有"安化黑茶"一词，后称"四保贡茶"。黑茶一词，据说嘉靖时才有。

　　安化黑茶以境内的大叶群体品种鲜味为原料，经过杀青、揉捻、渥堆、烘焙干燥等独特工艺加工制成。干茶色泽乌黑油润，汤色橙黄，香气纯正，有的略带有独特松烟香，滋味醇，或微涩，耐冲泡。安化茶有"三砖""三尖"一说。三砖是指"黑砖、茯砖、花砖"，三尖是指"天尖、贡尖、生尖"。我们去一茶馆，先喝的是"千两茶"。白天我们刚见过它的生产过程，三五精壮小伙子用大竹杠跳压着茶，把它压进竹制的长条筐内。工艺有些原始，也很有地方特色。制完后，那茶柱用重达十六两的老秤称一千两重，故称千两茶，看上去像个小导弹。不过此茶能够放上十几年几十年，也是一绝，而且放得时间越久，茶质越好。喝安化千两茶的茶艺有十六道，第一道摆盏迎客；二是闻茶，名初会英雄；三是着火，称水炎交融；四是洗壶，称孟臣沐霖；五是投茶，称黑龙入潭；六是润茶，称洗尽凡尘；七是冲泡，称悬壶瓿鼎；八是闷茶，称藏龙卧虎；九称猛龙出世；十是斟茶，称甘苦与共；十一敬奉佳茗；十二观汤，称珍品琼浆；十三初品奇茗；十四倾斟玉液；十五再斟流霞；十六古道回味。古时茶礼比较繁复，常常形式大于内容。

后来又喝贡尖、天尖，质量渐次提升。最后朋友请我们喝的是新创的"健玲"黑茶，汤色红艳，色如琥珀色，最神奇的是它可泡六十泡，而汤色基本不变。黑茶有些药用功能，清朝赵学敏在《本草纲目拾遗》说安化茶"味苦中带甘，食之清神和胃，性温味苦微甘，下隔气消滞去寒辟"。

我们不知喝了多少泡茶，散席时已过午夜。本以为今夜无法入眠，不想倒头便睡着了。黑茶并不影响睡眠，这又是它的一绝。次日起床，量血糖5.6，而前一天空腹血糖是8.4，功效真是神奇。现在我常常喝黑茶，特别是在晚上喝。我几乎把它当作治疗高血糖的辅助药品了。

逛菜场

现在每回上海，我最爱逛菜场。是不是因为在北京待了太久，想念起家乡的味道了？我不知道。我以前对菜场并没有多少兴趣。

北京的菜场，品种没有上海多，特别是我喜欢吃的几种菜，比如：水芹、草头、慈姑等，基本上不见踪影。北京也没有大排。我买大排，不仅要有肥肉，而且要带皮。这也只有上海的菜场能满足我的这个愿望。中央电台门口有一条路叫真武庙二条，记得二十多年前，路上开了许多小饭馆，其中有一家是上海人开的大排面，常常生意爆满。这或许是那时的中央三台江浙沪人较多的缘故吧。北京菜场里一般只切腔骨或是小排骨，老板说他店里的大排是专门弄来的，想吃大排也只好到他的店里了。后来清整街道，马路整齐了，几十家小饭店不见了，这家大排面店也就成为我们口中的念叨了。

回上海闲来无事时，我会逛逛菜场。在上海的菜场里，北京不常见的还有矮脚青菜、茭白、鲜笋，当然还有我爱吃的黄泥螺，以及种种水产。我小时候最爱吃清蒸带鱼头。以前到舟山群岛去的时候，主人问吃什么。我说，清蒸带鱼头。这可难住了主人。舟山盛产带鱼，他们不是没有带鱼，而是没有见过这种做法。北京菜场鱼的品种少了许多，带鱼都是冰冻的，更不能达成我的这个愿望了。而到了上海，买上五六条热气的带鱼，头尾剪下来，清蒸，就可做成自己喜欢的美味了。其实带鱼头也没有多少肉，只是带鱼脑髓味道很不错。都说吃鱼脑的人聪明，我不知是不是因小时候常吃，得益于此。

　　每次从菜场买东西回来，都会受到批评，因为每一样菜都买贵了，有时还会在大乌贼鱼里掏出小杂鱼来。但我很高兴，因为每一次买菜都有一种收获的感觉。

人间美味腌螃蟹

人间要说有什么美味，在我看来，那非是腌螃蟹不可了。

蟹之美味，古人陈述已经很多。《红楼梦》有诗云："饕餮王孙应有酒，横行公子竟无肠。""螯封嫩玉双双满，壳凸红脂块块香。"而李渔每每在年初就准备齐了银子，以待秋天食蟹，可见螃蟹之美味令人垂涎。我以为，本是指一种渔具的上海的简称"沪"字，用它来捕捉螃蟹的功能比用来捕鱼的功能还要大一些，不然上海人为何如此爱吃螃蟹呢？我甚至以为，不能欣赏腌螃蟹美味的美食家都是徒有虚名的。

上面引用的古人诗句所指的多是鲜活的螃蟹。鲜活的螃蟹自有鲜活的妙处，但腌制的螃蟹更有不同凡响之处。如：膏的凝结而不凝固，味的提升而不提炼，料的渗入而不左右蟹之本质。凡是种种，令人无限向往。腌制还有另一功能，它方便保存，以利长久享用。金九银十过后，每到冬天，大雪纷飞，温一壶黄酒，持螯把盏，雪花梅花俱香，酒醉人醉皆醉。

如今回沪苏，在吃蟹的季节，振新表弟总要送我一大瓶腌螃蟹带回京，在腊月期间慢慢享用。《世说新语》说："左手持蟹螯，右手执酒杯，拍浮酒池中，便足了一生。"真是人生仙境，只可惜没了梅花，少了雪花。

不死的草木——普洱茶

　　北回归线是条谜一样的线。生活在回归线附近的草木，也有着不同寻常的生命力。西谚说，猫有九条命。是否真是如此，不得而知。但生活在北回归线上云南思茅地区的草木有两三条命，却是真的。

　　思茅有一种松树，叫思茅松。一般的树木每年都有一个年轮，而思茅松却是例外，它的枝条每年生长两至数轮，它每年有两个年轮或是更多，所以它被称之为不死的树木。

　　思茅如今改名普洱。这里盛产的茶叶就是普洱茶，它同样也有着不同寻常的生命。一般的茶叶，采摘下来，生命也就到此为止了。而普洱茶有所不同，它从树上被采摘下来后，只不过丧失了六成的生命。余下四成，依然保持着强大的生命力。这就是为什么普洱茶，即便是被采摘下来，做成茶饼以后，依然还能不断地发酵的缘故。真正爱喝普洱的人，都是喝存放了十年以上的老茶，为的就是让茶精华完全释放。我在此采访了普洱市委党校的黄雁老师，她也是一位茶文化的专家。她每年买十个茶饼，放上十年，而眼下喝的都是十年前存放的茶饼。其中的原因，就是让茶完全成长、充分发酵。茶存十年，味道更是醇厚。这或许

就是普洱茶茶汤橙黄浓厚，香气高锐持久，香型独特，滋味浓醇，经久
耐泡的内在原因吧。

　　这个故事听得让人难以忘记。而更让人动容的乃是它的称呼：普洱
茶——不死的草木。

在苏州吃河豚

上世纪 90 年代，我对河豚突然有了很大的兴趣。每次到苏州，朋友问：吃些什么？我总回答"河豚"。朋友说：来得真不是时候，清明过了。

也不知为什么对河豚有了兴趣。我是常州人，苏南人都说"拼死吃河豚"。这个"拼死"或写作"攀死"，或写作"盼死"，不管什么字，后面一个总是"死"字。河豚多在清明后产子，而鱼子是它的一大毒源。清明后的河豚，鱼子成熟，而子、血、肝是河豚的毒源，故毒性更烈。美味总与死亡结缘，偏缘由一个"毒"字。许多有毒的动物，也是人们的食物，为何偏偏河豚吃不得呢。我素来对美食有兴趣，能吃而没有吃过的食物，总想尝尝。

有一年清明前，到苏州，宣传部副部长朱金龙接待。依然如此问，依然如此答。他说，这次来得是时候，老家刚送来两条。于是就到他家吃。鱼已经做好，红烧。从冰箱里拿出，红烧的，热热。他先尝了一下，示意无事，味道果然不一样。为什么是做好的呢？他说，河豚都是由专门的厨师做的。自己不会做，如果自己做，谁也不敢吃，自己也不敢吃。

　　许多年过去了，去苏州的次数越来越多，吃河豚的机会也越来越多。到后来，不管什么时候去，都有河豚吃，但再也没有在朱部长家里吃的那种味道了。进入新世纪，北京的饭店里也有了，大饭店600元一条，可半条卖。小饭馆120元一条，但味道都比较一般。难道河豚非得在苏州才好吃吗？我不明就里，后来有机会问原因，答案是：第一次吃的河豚是野生的。

　　很为古人感到遗憾，由于我们的前人科学知识不足，竟让这等美味从我们的身边溜走了。河豚，又可取毒制药，又能满足人们的生活，太有价值了。现在全国许多地方都有河豚了，让人大快朵颐。对我而言，第一次吃河豚是在苏州，所以印象十分深刻。

黄酒是江南读书人的精神寄托

　　有人问：酒在你的心目中有什么象征意义？在我的心目中，酒代表着春夏秋冬四季。北朝庾信有一首很有名的诗《答王司空饷酒诗》这样写道："今日小园中，桃花数处红。开君一壶酒，细酌对春风。"对着春风细细小酌，春风扑面而来啊。

　　如果说得具体一点，酒还代表着功名利禄。唐朝高适在《送李侍御赴安西》表达了这样的意思："行子对飞蓬，金鞭指铁骢。功名万里外，心事一杯中。"他的建功立业的心事全在酒中了。

　　那么酒是不是还可以代表春愁呢？这也对。所以宋朝蒋捷有句诗这样说："一片春愁待酒浇。"（《一剪梅·舟过吴河》）那真是又爱又愁了。往更深处说，酒不仅是春愁秋恨，酒还意味着四大皆空。像辛弃疾这么豪放的词人都说："把酒付杯中，万事皆空。"（《浪淘沙·山寺夜半离钟》）

　　这么说来，酒就是一切了？对高阳酒徒来说，完全可以这么以为，酒就是人生。连曹操在《短歌行》里说："对酒当歌，人生几何？"李白也在《将进酒》说："人生得意须尽欢，莫使金樽空对月。"宋朝的张抡则写了好多首《菩萨蛮·酒》，开头都是"人间何处难忘酒"。

酒有这么多的象征意义，那么，酒有什么特质？我算了一下，酒的特质至少有五种。

酒的特质第一，是水。酒水酒水，酒本来就是水。水至柔而至刚，它外形十分柔和，但内心十分刚烈。所谓抽刀断水水更流就是这个意思。

酒的特质第二就是火。人一喝了酒，仿佛毛发都张开了，像熊熊燃烧的烈火一样。

酒的特质第三个是艺。好的艺术，特别是书法艺术无酒不行。喝酒以后写出来的字，比没有喝酒写的好得多。张旭和怀素的狂草，非要在喝酒以后写才行。张旭常于醉中以头发沾墨写字，如醉如痴，所以还有一个成语专门形容他们写字的，叫"颠张狂素"。

酒的特质第四个是情。情不深，无以惊心动魄。酒不多，则情也深不了。所以，曹雪芹说："都云作者痴，谁解酒中情？"酒中情深意也长。

酒的特质第五个，我想就是药了。酒像药一样，可以麻醉自己。"竹林七贤"的人生观就是：非汤武而薄周礼，越名教而任自然。你想越名教，就会与时代相对抗，这时，不麻醉一下你很难做到。要做到越名教，喝酒，把自己喝醉，是个最好的办法。现代很多人，也是靠酒来麻醉自己的。

那么，不同的酒有没有不同的品性？这是肯定的。

啤酒就如它的形态，泡沫多。所以啤酒像是我们的话语。生活中一般我们的话语泡沫多，水分多，口头语多。这与啤酒基本一致。

白酒火辣而有力。所以它是口号，是短句，短促有力。冲锋上阵前喝的一定得是白酒。

红酒晶莹剔透，就像是男女情侣之间的絮语。端着红酒，细细把玩杯中物，就像与心爱的人在悄悄对话。

黄酒如同江南才子般的诗词。有韵味，有才情，古人诗云："寻常一样窗外月，才有梅花便不同。"我们对着窗外明月，苦思冥想往往不得句。但一举起黄酒杯，三两杯下肚，就文思泉涌了。

所以，酒是人们生活的必需品。《诗经》里有30多首诗，写到了酒，占全部诗集十分之一。据郭沫若考证，李白的现存诗里有17%说到了酒。这些酒，我想多是黄酒。现在一般的观点，我国从宋朝开始有蒸馏酒，就是白酒。唐朝是没有白酒的，如果有的话，由于提纯的困难，度数也不会高。因为白酒酒劲大。啤酒酒劲相对较小，葡萄酒盛行中国是近年的事情。所以以前用来助兴的诗，大多数是黄酒。

白酒，你的酒量再大，恐怕也很难痛饮。一般人，有一斤的量，那已经不小了，有两斤的量，这样的人已经不多了。《世说新语》中说："痛饮酒，熟读离骚，可以为名士。"闻一多也引用过这话。黄酒是可痛饮的，酒量大的人可以一直喝下去。《红楼梦》里贾宝玉发一酒令，有不遵者，要连罚十大海。连罚十大海，都称不上痛饮。要当得上痛饮，无论如何总得喝下十大碗以上的吧。所以，能够痛饮下去的酒，一定是黄酒，不然，十大海碗的白酒，天下几人能喝下去呢？

能痛饮，能助诗兴，从这个角度说，黄酒，最符合读书人性情了。江南盛产读书人，故所以，黄酒是江南读书人的精神寄托。

黄酒是江南读书人的性格特征

黄酒是有性格的。它是名士。

黄酒分为很多种，著名的有绍兴加饭酒、福建老酒、江西九江封缸酒、江苏丹阳封缸酒、无锡惠泉酒、上海老酒、大连黄酒，等等。被中国酿酒界公认的，在国际国内市场最受欢迎的，首推绍兴酒。但这几种酒之间，区别并不太大。

绍兴是中国古代产酒最繁盛的地区之一，绍兴黄酒因为产量大，所以几乎成了黄酒的代名词。绍兴黄酒，以大米等谷物为原料，经过蒸煮、糖化、发酵、压滤而成。黄酒有很多品类，根据糖分含量，可分为干型黄酒、半干型黄酒、半甜型黄酒、甜型黄酒四类。绍兴黄酒色泽从橙黄到深褐色，口感浓郁醇香，柔和鲜爽。

著名的绍兴酒中，有一种叫"女儿红"，很有民间风俗特点。绍兴当地群众生女儿满月时，做父母的特意为她酿制数坛美酒埋入地下，待女儿长大出嫁时用作陪嫁或招待宾客，所以叫作"女儿红"，也叫"女儿酒"。又因装酒的坛子绘以彩图，所以又称"花雕"，是绍兴黄酒中存储时间最长的一种。这个风俗习惯后来演化到生的是男孩时，也一样酿酒埋入地下，并在酒坛上涂了朱红，这种酒叫"状元红"。《南方花木状》里称女儿红酒："其味绝美。"清朝文人袁枚在《随园食单》这本书里说："绍兴酒，如清官廉吏，不参一毫假，而其味方真。又如名士耆英，长留人间，阅尽节故，持而其质愈厚。余常称绍兴（酒）为名士，烧酒如光棍。"袁枚把黄酒称之为名士，我以为是很形象的。

酒发酵后，具有辛辣刺激感，并含有一种让人不愉快的气味，这种刚酿制出来的酒称为新酒。酒的发酵过程结束，微生物作用基本消失以后的阶段叫老熟。经过一段存储后，辛辣感和刺激性明显减轻，口味变得醇和柔顺。老熟的前提必须是好酒，含有邪杂味的次酒劣质酒不会经长期储存而变好。不同香型、不同生产工艺的酒的储存期也不尽相同。普通白酒一般需要三个月，优质浓香或清香需一年以上，优质酱香型白酒要五年。黄酒，按袁枚的话说："不过五年者不可饮。"现在用不了存储这么多年了，三年就很好了。

江南人中，吴人性格温和，越人相对强悍。而绍兴在古代，处在吴越之间，偏越国一边。黄酒"味甘、色清、气香"，体现了浓厚的吴人风格。"力醇"则有更多的越人特点。力醇，来自于时间的存储。存储时间越长越好，所以要耐得住性子。越人的韧性很好，越王勾践"十年生聚，十年教训"，就是最好的例子。读书也一样，就是要有"板凳要坐十年冷"的精神。江南文人雅士多，无酒不文化、无酒不文人。味甘、色清、气香、力醇，正好体现了江南文人的特征。

从文化的角度看黄酒与文人的关系，有几个共同点。

第一个是黄酒有文人的性格特点。黄酒入口甜绵，但很有后劲。文人，特别是江南文人的性格如同杨柳，能曲，又不易折。他们很有韧劲，盯住目标，一般不会轻易放弃。所以江南出了许多文人和科学家，我以为这与他们的专注精神有关。一个人，一辈子专注一件事，大大小小总是能够做出一点成绩出来的。

第二个是黄酒称得上是读书人精神世界的象征。酒与诗有关，无酒不成诗。没有酒，没有黄酒，我国的文学史都要改写，甚至历史也要改写。如楚汉的鸿门宴、宋太祖的杯酒释兵权等都是。酒与蜜有关，黄酒是甜的，读书也是甜蜜的。古人说，书中自有颜如玉。即便没有颜如玉，读书也是一件令人神清气爽的事情。

第三个，黄酒是我们中国文人生存行为的方式。阮籍拒绝与朝廷合作，要喝酒，拒绝与权贵结成儿女亲家，要喝酒。李白戏权贵，也要喝酒。陶渊明不满官场，隐居桃花源，还得喝酒。欧阳修写下著名散文《醉翁亭记》，也是喝了酒后的事。

宋朝以后，中国经济中心南移，墨客骚人多出南方，而南方特别是绍兴，又是黄酒的最大产地。文人的诗文中，又多多地写到了酒，所以，黄酒就与江南文人紧密地联系在一起了。

我听说过有不抽烟的读书人，还从来没有遇到过一个不喝酒的读书人。不痛饮酒，如何熟读《离骚》？不读《离骚》，何以能称读书人？如果不喝点酒，就不能称之为真正的读书人。可见，酒是读书人的生存方式，也是他们的性格特点。江南人多喝黄酒，所以，黄酒是江南读书人的性格特征。

江苏水席

粤菜好，湘菜香，川菜辣。江苏菜更是美得让人弹眼落睛。

有一次，去洛阳吃了一次洛阳水席。吃之前，我以为既称水席，应该全是水产品了。哪知菜肴端上后方知，所谓水席，是所有的菜都是做成汤羹类的。

这倒激发了我的想象力，如此水席，并不难做。如果是江苏，它要做一桌水席，可以做成名副其实的水席。我的设计如下：

冷菜：六盘

　　　无锡熏鱼

　　　南通腌螃蟹

　　　启东泥螺

　　　宝应甜藕

　　　高邮双黄蛋

　　　常熟生菱角

热菜：十四道

　　　长江四鲜是极品，应必备：

古法蒸镇江鲥鱼

红烧张家港鮰鱼

清蒸扬州刀鱼

红汁扬中河豚

太湖三白银鱼、白鲦、白虾也要必备：

银鱼做羹

白鲦蒸之

白虾戗之

其他：

淮扬黑鱼两吃之将军过桥

淮安鳝筒

苏州松鼠桂鱼

南京盐水鸭

溧阳天目湖白汁鱼头

常州乳鸽煲甲鱼

阳澄湖大闸蟹

蔬菜：四道

清炒六合水芹

小炒滨海荸荠

大煮扬州虾仁干丝

油汆苏州慈姑

汤：两道

莼菜羹

桂花酸辣汤

这桌江苏水席，一共二十六道。它美味无比，也可能是世界上最昂贵的一桌菜了。其中许多菜是江苏特有的特产。如有机会吃一次，一辈子不会忘。

一日两餐半

三十多年前来到北京工作，没有想到北京机关食堂周末只提供两顿饭，不少居民家里也只吃两顿。这被我们这些从上海来的同学当作落后与食物匮乏的一种表现。那时北京的冬天，家家存储大白菜，那是过冬的当家菜。

三十多年的变化之巨大，是每个中国人都感受到的。食物之丰富令人目不暇接，餐桌上的美味也令人向往，而钱也不是大问题。

我因长年值早晚班无法按时吃饭而形成的"大大饱餐一顿"的习惯，久之，就得了糖尿病。其实，更大的可能性是拜家族所赐。十多年前，就开始吃药，天天走路。"管住嘴，迈开腿"。天天走路，坚持得不错；管住嘴，做得不太好。管住嘴，若能让我多活二十年倒是可以接受的，但若少活十年，岂不是大大吃亏？于是，药是坚持吃了，路也坚持走了，只是时不时还是要饕一下的。

糖尿病不是急病，但它无法根除。它像是慢性毒药，在一点一点销蚀人的健康。

吃药十年来，药是越吃越多，而指数却一点也不下降，手指也开始麻木了。近来，我试着晚上只吃一点水煮的白菜，不放油，仿佛效果不错。我把它比作半顿饭。重要的在于坚持。

我以前晚上不吃，学僧侣，过午不食。但难以坚持，人也瘦得很快。现在晚上只一点菜，算是半顿吧。虽然加了半顿，只是碳水化合物并不多，多少也有一点饱腹感，次日空腹的血糖也不高。

第五章

书在血液

背字典

中央电视台举办"中国汉字听写"大赛，我对此有兴趣，自己也顺便做了一下测试，大概可以答出八成，成绩"良好"。

这个可能得益于我小时候背字典的功夫。小时候功课并不紧，所有作业加在一起，不用一小时就能做完，更多的时间是用来娱乐。还有一些空闲时间，怎么办？家里也没有什么书可看，我就背《新华字典》。那个时候应是在 1974 年，我上小学六年级。每天叽里呱啦地背背，隔壁苏州老伯总说我是"老和尚念经——有口无心"。背字典当时给我带来最大的快乐是认字比别人多，人家称赞我有"学问"。字典是自己学问的源泉。记得我那时还写过一篇短篇小说，质量当然很差，但那个笔名我想了很长时间，最后起名为"华新"，意思是"中华的新一代"。这个笔名也来自于《新华字典》，只不过是把"新华"两字前后对掉了一下位置。

我把《新华字典》里所有不认字的字与释文重抄一遍，把认识的字，但意思了解不全的字与释文也重抄了一遍，天天背。大概背了不到一年时间，差不多全背出来了。以后我与人吹嘘自己有"学问"的时候，常举的例子就是自己《新华字典》里的字全认识。现在不敢吹了，一是因为年纪大了，忘了一些；二是现在的《新华字典》比以前厚了不少，增加了不少字。我现在还记得一些词，比如：竹苞松茂、云蒸霞蔚、春意盎然、觊觎，等等，都是那时背的时候记住的。

到了中学，闲着无事的时候我又开始背《成语词典》。这也不是给自己定的一项硬任务，反正有事无事地背背，就当读书了。后来恢复高考，在向大学冲刺时，我才放下了背字典的爱好。等上了大学，我又开始通读《辞海》。

大学毕业后到北京工作，我把在小学读书时手抄的《新华字典》也带上了，后来多次搬家不慎丢失了，想来真是一件遗憾的事，毕竟那是四十多年前的真迹。现在提倡素质教育，不讲究背书了。但我以为，背字典好处很多，背会了，写文章时肚子里货色就多，别人遇到不认识的字，也免得时时处处去查看字典，我就可以顺便当当"老师"了。再者，小时候反复背诵的东西，到老了也不太会忘记，可以终身享用。

第一个笔名

写文章的人有不少喜欢用笔名，我也曾经喜欢。用了几个笔名现在大多已忘记，唯独第一个笔名印象深刻。

那是在1974年的暑假，过了暑假就上小学七年级。那时不怎么读书，每天的作业也可很快完成。无事可做，我就试着写了一篇小说，内容是红小兵智斗地主婆。写完之后，我也想学那些文人，为自己起一个笔名。但为自己起一个什么名字呢？以我当时的水平，绞尽脑汁也想不出一个好名字来。翻书吧，家里也没有什么书籍可翻。就拿起《新华字典》翻阅起来。那个时候，这本《新华字典》我刚刚背过，几乎已经翻烂。突然，我看这个书名很好。新华，颠倒过来就是华新——中华的新一代，寓意很不错。于是高高兴兴地在文稿上署上了我的第一个笔名：华新。所投寄的小说，水平很差，自然不会被刊用。但当年的编辑都是很负责任的，还给我回寄了一封退稿信，抬头写着："华新同志"，后面大概就是来稿经研究不用，欢迎继续来稿之类。可惜的是，这封退稿信没有保留，不然是一件很有纪念意义、值得收藏的书信。

写的什么已经不重要了，重要的这个笔名给我留下了深刻印象。

卢湾区图书馆

　　1975 年，我上中学。那时，高考不存在，作业无压力。我有时间读书，却无藏书可看，只好买些小人书，与人换着看，解解馋。后来，可能是因为学习成绩还不错的缘故吧，学校发了我一张卢湾区图书馆的借书卡。当时家住丽园路西头，从家到位于陕西南路的卢湾图书馆步行也就二十分钟左右。每周我就去换借一本书。沿着著名的"文化街"绍兴路从东到西，沐浴在浓浓的树荫下，感觉很阳光。

　　一个中学生，有一张区里的图书卡，这在当时，还是很幸福的。我在这里差不多借了三年的书。1978 年暑假后，为了冲刺 1979 年的高考，借书就少了。三年多时间，大概借了两百来本的书。虽不多，但在那个时代，我觉得已经蛮充实的了。

　　有时借了书以后，还在阅览室里看书。什么书都看，印象较深的之一是看《围棋》杂志，从杂志中了解了那个时代的许多著名棋手和名局。一些围棋故事，也是从杂志里获得的。从此看《围棋》杂志的习惯也就一直延续下来了。我各种棋的棋艺，在业余棋手中都还说得过去。象棋得过中央电台亚军。国际象棋、军棋的水平都不弱。2010 年，经常昊九段推荐，中国围棋协会授予我业余 3 段称号。过了两年，又授予我业余 5 段称号。这是二级运动员的标准。常昊开玩笑对我说，二级运动员高考可以加分，好在你已经是二级高级编辑了，不用加分了。成了业余"高手"，我很高兴，但自我感觉棋艺达不到那个水准。特别是现在，年纪大了，水平不进反退。但常昊说：凭你对围棋掌故的了解，就完全当得。我想，这又是托了中学时代在卢湾图书馆所看的《围棋》杂志的福了。

　　大学毕业后到北京工作。北京没有区一级的图书馆，住家附近也没有阅览室。北京图书馆里的藏书虽多，但人实在是多。我不去图书馆，要看书，更多的是买。我现在自己的藏书也快近万册了，把个屋子搞得像半个书城。这让我既喜且忧。这个时候，更让我怀念中学时代仿佛就在家门口的卢湾区图书馆了。

听朱东润先生吟唱

我刚上复旦时，朱东润先生已经 84 岁高寿了。朱先生没有给我们开过课，但我班同学有幸听过一次朱先生的吟唱讲座。

虽然时间只有一节课，但朱先生的吟唱，听一遍，我就记住了。印象最深的是王之涣的《凉州词》："黄河远上白云间，一片孤城万仞山，羌笛何须怨杨柳，春风不度玉门关。"1983 年从复旦毕业，至今已整整 30 年了，到现在我还能吟唱。朱先生的吟唱，苍凉古朴，绵长悠远。当时的感觉就很奇妙，现在依然如此。那种感觉我想大概与现在孩子们听完歌以后"想唱就唱"差不多吧。

朱先生虽然没有教过我们，但我们读得最多之一的课本《中国历代文学作品选》是他主编的。朱先生说，他从不自高自大，但等高等大。凭朱先生的学问作品，"等高等大"这四字完全当得。去年，常州方面送我一套书，其中有赵元任先生古诗吟读的光盘。我听后，发现两位老先生不太一样，朱先生是唱，赵先生是吟。我想这是前人读诗方式有所不同的缘故所致吧。这两种方法都很好，我都喜欢。朱先生是吟唱的，唱可能比吟读好听些，而且是用普通话吟唱的，加上先入为主，我更习惯些。赵先生是用乡音吟读的，我虽是常州人，但因出生在上海，常州话说得并不地道。所以我感觉，朱先生吟唱得更好听些。

　　去年，我们频率从国际台交流来一位郭翌副总监，她是学音乐出身的。我把朱先生吟唱的《凉州词》哼了一遍，她听后就帮我谱出曲来。我又让一位擅长弹琴的主持人雅雯用钢琴弹奏出来，并录了音，转成MP3 格式。现在，我在工作闲暇时常常把朱先生的吟唱调从电脑放出，听听，沐浴在灿烂的古代文化中，并以此纪念复旦的老前辈，纪念自己的母校——复旦大学。

唯有书籍不涨价？

时下到一些地方开会，主办方会发一些代金券，用于锻炼、洗浴、购买土特产等。这些代金券，一旦发放，不用也不回收。这些地方的物品价格，较之外面，一般要高出两三倍，甚至更多。许多会议中心，一枚鸡蛋，需3元钱。50个一纸箱鸡蛋，需要150元。我常感叹，这些钱，弃之不可以，用之不值当。但这些地方，多有一个好用处，那就是购书。现在，不管是五星级酒店，还是国际机场，或是著名的会议中心，东西的价格都比其他地方要贵，唯有书，与外面书店是一个价。

我常用代金券买书。有了它，原本一些想买但嫌贵的书，家里现在也有了一些。一些可以珍藏的版本，也可以坦坦然地买了。买的时候，还颇自得：现下什么都涨价，唯有书籍不涨价。有一次，此话被一位热衷公益事业的人听见了，颇是不满，批评道：现在很多地方的孩子都读不起书，你还说书便宜？我笑笑，表示接受他的批评。

现在书的价格确是比较高，与我们的收入相比，更是贵得很了。香港人均收入有我们的十倍，那里的书只比内地贵三四倍。现实生活中也确有一种让人很不爽的事实，就是有人读不起书。看到西部一些地方的孩子买不起书，感受很是不好。我一直认为，国家应该把学生所有的学费免除，并把规定的教科书的书费也免了。不然，国家培养学生的爱国心就少了一个又早又好的可以体现的地方。用完的教科书收回，给下一年级的同学使用，既环保、又合理，且显爱心，还相对地减少了不必要的重复与浪费。众多好处集一身的事，但我们就是没做。很多比我们穷的国家，学生上学基本上是免费的。我们提倡以人为本，且经济实力上升到了世界第二，完全可以做到。做不到其实是知识不受重视的另一种表现形式。现在知识大幅度贬值（也许升值的时候本来就不多），眼下虽然学生们都在走高考这一座独木桥，但同时许多人又有很浓的"读书无用论"的想法。之所以读书，是因为不读书更没有用。这种想法与我们倡导的"知识就是力量"相去甚远。环顾一些所谓的文化单位，也大多如此，很少体现出知识的价值。现在我国的国民生产总值上升到了世界第二，但这更多体现的只是人多力量大的一面，与高精尖无关，与知识经济也无多大关系。一百多年来，除了人工合成牛胰岛素，没有多少东西是我们发明或发现的。我们如果不在加大创造力上下功夫，总是无法从大到强。

平时单位里动员大家给灾区和贫困地区的孩子捐书，我都是热心参与者，只不过，我捐的都是自己写的书，而买来的书，一般是不捐的。读书人对书的钟爱仅次于生命与爱人。把自己有的给别人，同时很好地从别人的书里得到自己需要的知识，这是诚恳的做人和学习的态度。我想，如果书籍不涨价，那是天下读书人的福音。如果知识不涨价，则是整个民族的悲哀。

到北大当老师

中央电台人力资源管理中心通知我，让我去北大当老师。去年台里报的名，大概是看我的学术水平和业务成果还可以，就把我选上了。我当时填的是教新闻采访或新闻编辑。自己在新闻岗位上工作三十多年了，当编辑的时间尤其长，获得20多个中国新闻奖、中国广播影视大奖，节目成了港澳教材，出过10本书，也算是有一点心得，现正在写《新闻编辑学》等几本书，所以教新闻编辑也符合我的心愿。我自己的愿望是去复旦、北大、清华三所学校。复旦是我的母校，虽然我读的是中文，此次教新闻，若能回校，也算是满足了我回母校、回家乡的心愿。但在名单中，并无北京之外的学校。清华大学有我同乡好友在那里任教，相信能够得到不少帮助，学到不少东西。我曾在清华讲过课，清华的校园实在令人羡慕，是雾霾都市里的风景区，水泥森林里的青草地。在那里教书，一定身心愉快。

北大也是我的向往，从某个角度而言，是我的最爱。我有一个表弟上海交大毕业，一个外甥清华毕业，我自己复旦毕业，我特别希望家里有一个人是北大毕业的。这样，南中国、北中国四所最好的大学，我和我的亲人们都有在其中读书的，这是一件十分令人骄傲的事。但我的下一辈孩子们都已上了大学，且多已工作，如果他们不考研或读博，看来这个愿望是无法实现了。现在让我去北大教书，南北中国四所最好的大学我们家都沾了一点边儿。亲人中虽无北大毕业，但是自己能够从教北大，也算是弥补了我的一点缺憾。

我的业余五段来历

我对自己的围棋"业务"有所肯定，因为我有围棋业余5段的证书。我简称为"业务"（业5）。"业7"就是世界冠军了。"业5"自然也十分了得。

其实，我的围棋实际水平约为业余3段。有一次，中国围棋队女队的王磊教练来中央电台教学，在多面打的情况下，授五子我可一争胜负。更早以前，全国大学生围棋冠军授四子，我取胜。采访世界冠军常昊时，他得知我的这一成绩，授予了我围棋业余3段称号。

两年后，又一次采访常昊。因有上一次的了解，此番相谈要更深入一些。1976年到1979年，我上中学，因有一张上海卢湾区图书馆的借书卡，每周都去借书。借完书，就在阅览室里看《围棋》杂志，所以了解一些围棋界的情况。相谈时，我把一些从杂志上看来的趣闻告诉了常昊，也想从他那里得到一些印证。他说，这些故事他都没有听说过。那个时候他只有一两岁呢。采访结束后，常昊说，要授予我业余5段。业余5段属于二级运动员，高考可以加分。常昊说：诸总你已早早从复旦毕业，不用加这个分。我说，我的实际水平离业余5段还有距离，况且一般业余 5 段都是要打出来的。常昊说，单凭你所知道的那些围棋掌故和在新闻领域对围棋的普及与推介，授予你业余 5 段完全应该。这样，我就拥有了围棋业余 5 段的段位证书了。

自从成为业余 5 段，我不敢与人下棋了。我赢了人，属于正常。赢我的人，把战胜业余 5 段挂在嘴上。久不下棋，我的围棋水平迅速下降，现在大概只有业余 1 段了。好在段位是永久的称号，所以只好抱着证书避战了。

睡在我上铺的兄弟

大学同学中，有许多人为我所佩服。他们的才华个个不同，都是我远远不及的。有考大学的成绩全都及格的同学，也有诗文书画俱佳的同学。高考成绩全及格，现在说起来这真有点好笑，上大学成绩还有不及格的？但在 1979 年，要是谁能把英语和数学都考及格了，那是极不容易的，因为英语只计 10 分，几乎没有人认真学。数学的卷子文科与理科一样，只是少了一道题。当年考 310 分就能进全国重点大学，5 门功课，平均正好是一门 60 分，加上英语 10 分。当年的重点大学比现在的 211 还要难考不少。我们班 58 个同学当中只有黎惠娟一人 6 门功课全及格，这让我服气。到现在她还是我服气的同学。

我佩服的同学当中有一位是沈维藩。上大学时，学校发下教材，是朱东润先生主编的《中国历代文学作品选》。我们拿到书，马上如干海绵遇水般地认认真真地读了起来。这时，睡在我上铺的沈维藩同学发出有点不屑的笑声，"这也值得一读？我全能背出来。"寝室里的同学立时大惊。同寝室的张智颖同学不信，随便翻了一页，念了第一句，沈同学马上背了出来。张同学又翻了一页，念了第一句，沈同学又全背了出来。如此者五次，沈同学全背了出来。我们立时叹服，尊他为夫子。沈同学笑笑说，中学里他被同学尊称为博士，到了大学又升了一级，成了夫子了。后来我们愈发熟了起来，有一次问他，怎么如此博古通今。他说，他家有一阁楼的古书，他在上大学之前全读过。他是浙江桐乡乌镇人，茅盾的同乡，祖居就在茅盾先生隔壁的隔壁。我们几个同学仔细端详他，确实与茅盾先生长得很像。他得意地笑着说，他与茅盾同宗，细细地排下来，说不定比茅盾还大三辈。据说，沈家在乌镇有七八十代了，如此，年纪小的人比年纪大的人大上几辈也是完全有可能的。

沈维藩确是比我们高明。我们翻词典，他翻《辞海》；我们在背唐诗宋词，他在看《十三经注疏》。《十三经注疏》后来还是我们的老师章培恒驳斥某主编所举的一个例子，因为某主编说他看过，但《十三经注疏》成书的年代他都没弄清。沈同学看古文的速度有如我们看小说，让我以为是超人。我们一开始还以为他就是翻翻而已，没想到他基本上都能复述出来。我虽然也考上复旦中文系，但古诗词功力无法望其项背。我虚心向他学习，常写了一些七绝之类短诗，向他请教。他不是说诗俗，就说是俗不可耐；不是说诗酸，就说是酸臭无比。我技不如人，真心请教。骂我越厉害，对我长进越有帮助。如此这般，被他批评了四年，骂了四年。记得快要毕业之前的最后半个学期，他才对我的某首诗评论说，这个还有点像样。

我一直以为，要是我班能出一两个大学问家，他应是其中之一的人选。

冰比冰水冰

喜欢对联，能对上一副联，常常是在这样的状态，冥思苦想而不得，借景发挥偶然成。

从澳门回来，朋友在免税商店里买了一个价值不菲的钱包，说是比内地便宜不少。我以为大大的不值。它再怎么精致、再怎么名牌也不过是个钱包而已，放得下许多的卡，但值不了许多的钱。它现在的价格不仅远远超过了它的使用价值，也远远地超过钱本身了。

回来后，翻阅报纸，看到一篇文章，说是古龙出联难住了倪匡，也难住了金庸。这副上联是"冰比冰水冰"。这副上联以前也见过，只是当时没有对出来，也不知是古龙出的。再看此联时，突然想起了同事买的那个钱包，这岂不是钱不如钱包值钱么，于是顺口就对了一副下联：钱比钱包钱。

以前家住卢湾区，我也曾在南塘中学读书。南塘浜很早以前是条小浜，后来浜填了，再后来中学也没了。现在我离开上海已经久远，卢湾区这个地名也不见了，回家每每感叹上海变化之快之大，睹物思情，速成一联："流南塘汇入上海，失卢湾淤成黄浦。"

诗酒人生

时间到了 2018 年，我突然感觉自己诗酒大涨。8 月，同学朱萍来京游玩，北京吃货群热情接待了她。同学黎惠娟不知怎的回忆起了自己的初恋，同时还逼每个人都说一下。我们都是五十多岁的人了，不会扭扭捏捏的，于是坦白，于是有诗，于是一发不可收拾，且日有一诗。而且许多诗作得到了常州同乡的赞誉。周志兴兄劝我出个诗集，他说我的诗比一些获奖者写得都好。朱学东兄屡屡手抄拙作，作为鼓励。这更是激发了我的写作热情。

9 月带一小队人马到新疆，从乌鲁木齐到博乐，到伊犁，再到那拉提，巴州，一路车行。他们采访，我就写诗，15 天写了 23 首诗，成果很是可观。从 8 月到 11 月，大概写诗 60 多首，在我自己的生命过程中，这么密集地写诗是很少有的。此处收录一首，作为对自己的表扬。

我的灵魂不安支架

一切都又回去了

肢体却无法更新

头发早已告别黑暗

胯关节也改变了属性

我不安支架

我的灵魂

习惯性捕捉风

其实风是自由的翅膀

虽然牙齿已经挥别

挥别也不失坚硬

我依然直立

我的灵魂

　　或许新疆的豪迈之行也令我酒量上长。11月，一个同事涛哥请我吃饭，我带了一瓶泸州老窖，2001年的。近来装修房子，在冰箱后面的柜子里找出了不少好酒，而且都有年份。我们两个人竟然把它干了。虽然两下人喝掉一瓶白酒并不好意思能说出口，但在我五十多年的生命履历中，从无这样的壮举。

　　我曾在自己的文章中写过："酒与诗有关，无酒不成诗。没有酒，没有黄酒，我国的文学史都要改写，甚至历史也要改写。如楚汉的鸿门宴、宋太祖的杯酒释兵权等都是。酒与蜜有关，黄酒是甜的，读书也是甜蜜的。古人说，书中自有颜如玉。即便没有颜如玉，读书也是一件令人神清气爽的事情。"但真正做到这点，还是要胆量、酒量俱备的。喝完酒的时候，我就说，今天的壮举我要记录下来。于是有此小文，同时把它与写诗联系在了一起。

第六章

念在心怀

高考系列：物理老师沈泉福

沈泉福老师是南塘中学 78（1）班班主任，教物理。1975 年春，我刚从斜土路第一小学毕业，上了南塘中学，沈老师就是我的班主任。

沈老师带班的时候，学生生活最为丰富，又是学工、又是学农，上课本身倒是没有什么特别的记忆。我还写文章，出出黑板报，这是我小学就喜欢的营生，上了中学，依然干这个。记得还写了不少诗，只不过后来诗集丢了。

学工时，我在十六漂染厂当了半年的纺纱学徒工。我不太喜欢这个工种，因为你干多干少不是由自己决定的，基本上是机器决定的。我更喜欢在没有压力的情况下，完全凭自己的自觉干的那种工作。这样我就可以凭自己的自觉与努力，干得比别人多。老话说，笨鸟先飞么。其实，所有聪明人的成绩，都是靠笨功夫取得的。当年我在南塘中学时，扫了四年的楼道，完全靠自觉和坚持，这个事情很多同学都不知道呢。

记得我学工的师傅姓金，第二个字是"嘉"，第三个字或是"荫"，这我有点记不得了。一个二十多岁的美貌姑娘，文字水平不错。学工结束后，开会总结，老师读了几份鉴定，第一个念的就是我的鉴定。我当时感觉师傅文采飞扬的。现在算起来，金师傅应该有 70 来岁了。

沈老师还带我们一起到浦东高桥学农劳动。记得在车上，沈老师的嘴被树枝划了一下，肿了起来。我们在农村，割稻子、种菜、养鸭、挑粪，也下河游泳、摸螺蛳。生活无忧无虑，日子充实丰富，实在不像现在的孩子苦叽叽的。

后来，沈老师工作调动，调到兴业中学。他调走后，我们几个同学集资送了他一支钢笔、一个笔记本，还写了几个字。因为王荣兴的钢笔字好，好像还是请他写的，只是写的什么内容记不得了。

在去沈老师家的路上，还建华同学说，这份礼物，"弹眼落睛"。我当时还不会这个词，听他这么一说，感觉十分形象。就这样，这个词就牢牢地刻在了我的记忆中了。

高考前，区里在兴业中学办了文科学习班，去那里学习的南塘中学的只有两个同学。当时社会流行"学好数理化，走遍天下都不怕"，所以学文科的人比较少。我常去那里学习，但是没有遇到过沈老师。区里的几个老师讲得不错，留下的作业也不少，这对我的提高有很大的帮助。

后来，沈老师调到了上海总工会退管会。我工作后，我们还有几次新闻业务上的往来。有一次，卜琳妹同学说，等我回上海时，由她出头聚集老师和学生。我自然称好。只是到了上海后，卜琳妹同学病了。虽如此，到北京工作 34 年来，我与沈老师聚过不少次。

高考系列：数学老师吴常兴

在吴老师那里，我可能不算是最好的学生。吴老师是数学老师，先前不是教我们的。成立提高班以后，他当了我们的班主任，自然也成了我的数学老师。

我从 78（1）班调整到 78（3）班，也就是提高班，突然成了一个不太出色的学生了。本来我是 1 班的班长，考试总分常是 1 班的第一名。年级里虽然没有排过名，但我自以为前三名或是前五名应该是不成问题的。但到了 3 班，我突然什么也不是了。好在我对这些也没有太多的兴趣。我后来把自己的人生目标清晰地定位在"青史留名"上，那些东西我当然看不上。当然，直到现在我也没有做到"青史留名"。

说实在的，我的数学成绩并不出色，因为我一直对文科有兴趣。我想当诗人，做李白似的诗人。我还记得住的第一首诗作写于 1972 年，那是一首"批林批孔"的作品，时年我 11 周岁。诗还有一点印象，但那肯定是连编带抄带写的作品。11 岁的作品，能好到哪去呢？但能写成诗的样子也算是不错的吧。当时是一个低我一届的同学拿到大众剧场去读的，学校还是区里在那里开会，我自己不敢也不好意思去读。

记得有一次，与吴志洪同学在建国游泳池游泳。我对他说，我想考复旦大学。我想考文科，又不想当老师，那么上海的大学中，只有复旦是最好的选择了。没有想到，被红团老师听到了，他对我说：你考上海师院就不错了。其实我们学校最后只有10个同学考上大学，如果能考上上海师院也是不错的。但我从他的语气里听到的是不屑。这让我有点不服气。我是一个用功的人，也是一个刻苦的人。我会用事实告诉他们的。

对于吴老师常常表扬的同学，我当然得好好向他们学习。他们确实有过人之处。记得有一次，吴老师在黑板上出了一道题，留给我们就走了。姜晓明同学上去，把它做了出来。我印象中，姜晓明同学也是文科强于理科的人。吴老师回来后，吃了一惊，竟有人把他留下的难题做了出来。问是谁做的？答是姜晓明。他都有点不相信。他想应该是他认为数学最好的几个同学做出来的。从那之后我对姜同学佩服有加，他文理俱佳，文科还在我之上。许多年之后，他要我这个不太像样的二级教授来当他女儿自主考试的推荐人，我实在是感觉与有荣焉。

一切皆有可能。我虽然在数学上花的时间不如文科，但也不敢掉以轻心，毕竟是100分的一门功课呢。等我模拟考试成绩出来，吴老师亲口说：看来，诸雄潮也有考上大学的实力。我那个时候确是十分高兴的，有出了一口气的感觉。可惜的是，我那时没有好好向吴老师多多请教。其实不要多，只要多做出一道题，那就是胜利。

记得考数学的那天，我出门时，默默背诵公式，突然有一个公式我想不起来了。我当时刚出门不久，回家看一眼完全来得及。可当时我想，不会那么巧吧，就考那个公式了？于是抱着侥幸的心态去考试。结果最后一道题目就是这个公式的一道题目。我记得很清楚，那是一道18分的题目，最大的分值。我那时真有点懊悔。18分，能决定多少人的命运啊。我真是有点对不起吴老师。

以后，我知道了，凡事不要抱以侥幸，实实在在最好。迈出一步才能向前走一步。我毕业后一直有点怕见吴老师，因为我感觉自己不像是他的好学生。后来听说，上海同学聚会的时候，我人没在，吴老师还问起了我。

我虽然不是吴老师最得意的学生，但我自信也是吴老师的骄傲。

高考系列：英语老师张家钰

张家钰老师是英语老师，印象中他的英文水平很不错，教学水平也很不错。当然，我是没有资格评论张老师的业务水平的，但我对张老师的教学态度是很钦佩的。

恢复高考后，所有的老师都鼓足了干劲儿。老师们恨不得把所有知道的都教给我们。张老师也一样。记得当时，张老师每天要我们背20个单词，第二天一早默写，然后再布置20个单词。我是一个听老师话的人。仅仅一年下来，就得有7000多个单词量啊。当时有一个全上海统考，我的英语考了80分出头呢。当年，我都可以用英语写信了。可是，到了高考前一年，上面传下话来，我们79级的考生英语只算1/10的分数。也就是说，你考了100分，也只算作10分。听到这个消息，大家一下子对学英语泄了气。考个100分，还不如做一道数学题。毕竟，我们当时的目的只有一个，那就是考一个好分数，上大学。后来大家的英语成绩都一落千丈了。

到了大学，学校规定，英语考35分以上的，可以学英语，35分以下的学日语。我当时对我高考的英语估算的分数有50分，因为最后一道题目，说的是农夫与蛇，就是 50 分的题目。当年，那篇农夫与蛇古文我都会背的，又是英译中，怎么会考得那么差？直到现在，我也没有搞明白。我的英语分数，寝室里最高，但也没有达标，只好学日语去了。日语没有学好，英语也已捡不起来。到头来，英语和日语统统忘记了。真是有些遗憾。后来细想，那也是自己在中学里没有把英语学得扎实些，如果真正学好了，也不应这么快就忘记的，考个 35 分还是有希望的。

后来，南塘中学被撤销了。张老师调到五爱中学当老师去了。五爱中学是区重点，这是对他能力的肯定。我工作后，还去五爱中学看望过他。

张老师还很关心我的诗歌创作，曾拿我的手抄的诗集去读过。他来看我的时候，我正在与人打牌，颇有点不思上进的感觉。张老师读了诗后，过几天还向我提出过一些意见。现在我正式出了诗集，并且加入了中国作家协会。我想，张老师知道这些，一定会高兴的。

高考系列：数学老师龚静珠

龚静珠老师是个美女，梳着一个时尚的柯湘头。发梢有明显的波浪，在今天一点也算不得什么，但在当年，可是时尚得不得了的事。她教我们的时候大概只有二十五六岁的样子，当时也许只有短短的几年工龄。

龚老师个子高挑，还喜欢带围巾，站在讲台上如修竹摇曳。也许同学们更愿意看她，而不是上她的课。我的数学在同学当中并不出色，在年级里算不上什么，在班级里也只排在4、5名的样子。我们老1班，调皮捣乱分子比较多，上课纪律也比较差。有一次，不知说起了什么，龚老师对同学说，你们也不聪明，又不好好学习，将来是没有什么希望的。你们班里只有诸雄潮是个拔尖的头脑。这话在当时也没有产生更大的反响，只有一点点的哄声，在知识不值钱的时代，聪明与否，并不是什么重要的事情，但此后有一阵子大家都叫我"拔尖脑袋"了。但没有过多长时间，也就被人遗忘了，看来我的智商没有到那么高的地步。

我到现在也不知道龚老师是基于什么才这样夸赞我的。如果她是语文老师或是政治老师，我倒是更容易接受些，毕竟那些课，我的成绩是数一数二的。但她是数学老师，而我的数学成绩确实一般般。也许她有过人的识人能力，在那个时候就看出我比其他同学要聪明一点？我很想知道其中的原因。只是中学毕业后，一直没有她的消息。而我当年，是个容易害羞的人，也不会在老师面前跑来跑去。前两年，南塘中学的同学想聚会，我提到龚老师，但没有在老师的花名册里看到她的名字，甚至在南塘中学工作过的老师花名册里，也没有看见她的名字。这让人有点惊讶。但不管怎样，最后我是证明了龚老师所说的我是"拔尖脑袋"这一说的。

　　龚老师称赞我之后，我的数学依然没有晋升一流，还在原来的位置晃悠着。也许我当时应该向龚老师多多请教来着。但当时，也没有上大学的压力，我自己对数学也不热衷，所以进步并不大。我倒是更愿意写诗，中学里就有一本自己手抄的诗集。

　　后来，学校里成立了提高班，我从1班到了3班，龚老师就不再教我们了。但她那个标志性的柯湘式的卷发，在我的脑海里依然清晰。

高考系列：语文老师陈文浩

陈老师梳着背头，戴一副金丝边的眼镜，很有学者风度。他当时有五十多岁了，一手魏碑板书写得苍劲有力，成了许多同学书写的范本。我至今还清楚地记得他的走之旁儿写成竖直的形状。他讲课抑扬顿挫，很有感染力。普通话在众位老师中也是很标准的，而且音色优美。他以前没有教过我，是年级成立提高班之后，他任提高班的语文老师，这样我就成了他的学生。

我那时虽然自以为语文不错，但其实对于文章的章法并不晓得。上了大学之后才知道八股文的"起承转合"。八股文确有把人的行文之道弄得僵化的嫌疑，但对一个不太会写文章的人来说，知道一些作文的必备之道，还是有用的。

我那时没有什么书读，好在小学里背过《新华字典》，中学里背过《成语词典》，肚子里优美的词句还有一些的。我就试着写一些散文，请陈老师修改。他对我有所表扬，这让我飘飘然的有点得意。后来，因为高考主要考议论文的原因，我就着力写议论文。写一篇，请陈老师改一篇。陈老师改得非常认真，在我的作文本用红字或作眉批，或是修改，常常一篇文章有许多红字的修改。一个学年，除了正常的语文课的作业，光是我额外写的作文，陈老师就给我改了两本。这些作文本，我一直留着。

后来我考上了复旦大学中文系，这或许是一个语文老师的心愿和骄傲吧。毕竟人们常常把语文课与中文系是连在一起的。

大学毕业后到北京工作，我把陈老师为我修改的文章连同我小学、中学的奖状以及手抄的诗集、日记本和绘画一同带到北京，可惜在2000年搬家的时候遗失了。70年代的诗集、日记、作文本、奖状和绘画，每一样留到现在都是宝贝啊。

刚工作时，单位里并没有什么出差机会，我也很少回上海。到了90年代，南塘中学同学聚会，纪念毕业20周年，我回到上海与同学相聚，那时重又见到了陈老师。那个时候，陈老师快80岁了，身体不错，依然是一派学者模样。我送了他一本我的散文集，那是我完成老师布置的作业。

后来听上海的同学说，他们有一次聚会，想请陈老师参加，而陈老师不幸已经仙逝了。那个时候，他应该有90岁的高龄了吧。

如今我已经成为中国作家协会的会员，出书十多本，自以为没有辜负陈老师的栽培。而陈老师对学生的言传身教的作风，也在我身上传承。我现在是北京大学、清华大学的交换导师，还是几所大学的客座教授。我相信，我的学生看得到我对他们负责任的精神，而这些，传承于陈老师和众位老师。

政治老师刘少峰

1975 年春天，我上中学。本是来秋季班，因改成了春季招生，结果小学毕业的时间就从 1974 年秋，拖到了 1975 年春。

上了中学，先后当了班长和团支书。时间如流水，循序流逝。

到了 1977 年，突然听说能考大学了。77 级高考时，我们并没有什么动静，因为我们那一届，虽然叫 78 届，但当时因为改制的问题，事实上到了 79 年才毕业的。所以 77 级高考，在我们心里并没有起什么波澜。到了 1978 年，学校有了动作，把我们 6 个班学习比较好的学生集中在一个班里，这样我就从 1 班来到 3 班，3 班也叫提高班。

我本来也是班长、支书一类的人物，而且我们年级也只有 6 个班，人并不多。不知为什么，到了提高班，我却连个班委也不是了。当时我的语文是年级最好的，结果也连语文课代表也不是。当了一个什么课的课代表，连我自己都想不起来了。后来与提高班的同学聚会，他们也没有想起来。

我们的班主任吴常兴老师，一直表扬班里其他几位同学，说他们能够考上大学。这我倒是没有不服气，只是以为，自己也行。提高班的政治老师叫刘少峰，他有一个强项：押题。据说 77 级和 78 级的政治课目，他押对了好多题目。由他来接手年级的政治课，他的这一专长自然又发挥出来了。他当时给我们押了 50 道题。也许我志在必得，一定要考上大学，我就把刘老师给我们押的题目，全都做了一遍。做完后，誊抄一遍，请刘老师提意见。当年，老师对学生可真好，刘老师对我的 50 道题目一一提出修改意见。我按刘老师的修改意见，又做一遍，再请他提修改意见，一直改到他满意为止。我想，要是每个同学都像我那样，做这么多的题目，请老师修改那么多次，那刘老师的工作量会有多大啊。50 道题目做了几遍现在已经忘了，但这 50 道题目每道题我都答了好几百字到 1500 字，这我还记得清清楚楚。然后我就天天背，直到把它们背得滚瓜烂熟。

1979 年春天全市模拟考试，我的语文考了 74 分，数学考了 54 分，政治考了 97 分。政治考 97 分，也是罕见的高分了。三门功课考了 225 分，年级第一。吴老师立即把我列为高考的"种子选手"了。当年高考，普通大学上海定的录取分数线，理科是 258 分，文科是 268 分。我的模拟成绩离录取线只差 30 来分了，要知道，正式考试还有另外两门课呢。

当年我以为我所有功课中语文是最好的，结果正式的高考成绩与模拟考试一样，也是政治考得最高。要是没有刘少峰老师无私的帮助和指导，我想要踏进复旦大学的校门恐怕也是不容易的。许多年之后，我在新民晚报发了一篇小文章，说起中学的一些事情。刘老师的孩子看到后，写信给我，说刘老师已经去世了。

想念老师。

放开嗓子使劲唱——怀念章培恒老师

2011 年 6 月 7 日下午飞机落到香港，刚打开手机，看到的第一条短信，说是章老师去世了。我很惊愕，不敢回复。章老师是 1934 年出生的，才 77 岁。次日在酒店上网，证实了这个大不幸的消息。

章培恒老师是复旦大学三位杰出教授之一。这个地位，不亚于 50 年代的一级教授。在我心目中，章老师是有大学问的人。在复旦四年，教我们课最多的是章老师。中国文学史上中下三册，章老师教了我们三个学期。选修的晚明文学，章老师教了我们一学期。句读方面，章老师又教了我们半年。记得那是个油印的教材，字迹很像章老师的。还有一些课外的业余兴趣小组，章老师也教了我们半年多。那个时候，章老师要我们每个人轮流对所读作品《三言两拍》等谈谈自己的看法。我木讷，说不出来，心中一直有愧。

大学四年，章老师教了我们一半以上的时间。现在大学里，名师给本科生上课的时间不会太多吧。而我们一半以上的时间，都沐浴在章老师的谆谆教导下。现在想来，只能用"奢侈"两字来形容。

我知道一些章老师的大学问还在他教我们之前，好像是在 1980

年，文汇报曾经大篇幅报道过章老师的事迹，说他在日本讲学引起巨大反响。当时我还不认识章老师，但那篇通讯给我留下了很深的印象，记得报上还配了章老师在日本讲课的一张照片。

到了复旦读书后，我知道了章老师的大名并有了近距离接触。章老师还教了我们这么多课，真是让我们受益匪浅。章老师的学问我是没有资格评论的。我们印象最深的是，老师在上课时，习惯动作像是低着头看着讲义在念。老师讲得慢条斯理，逻辑性很强，也没有什么口头语。我们差不多能全文记录。记得张智颖兄曾经说过，把上章老师课的笔记，稍一誊抄，就是一篇学术论文。我很有同感。很多同学现在还保存着当年的笔记。我们一直以为老师是在照本宣科。有一次在讲台上看到老师的讲义，却是白纸几张。

章老师的博闻强记，让我们佩服不已。做学问首先要记性好，这样才能把所读作品记在心里，融会贯通。我认为自己记性不好，不适合做学问，所以没有敢朝这条路走下去。现在想来，有些自责。一是名师难求。想想这世上有多少人有这样的机会，受业于名师呢。当年给我们上课的，好多都是一流的学者。二是判断失误。做学问记忆力固然重要，但更重要的是能够发现问题所在。记得当年有几篇作业，章老师批的是"也是一说"。当时以为是个中等的评价，比"优""良"之类差许多。现在想想，这是个很不错的评语呢。"优"可能是论述的严谨，说理的充分。"也是一说"，那是说出了另外一种说法了。三是做学问要有毅力，而自己最大的优点就是能持之以恒。

我毕业以后，才知道章老师是朱东润、贾植芳、蒋天枢老先生的学生。贾植芳和蒋天枢两位老先生的课我没有上过。朱东润老先生给我们上过一堂唐诗的吟唱课，我印象极深，至今还能依样画葫芦唱两首。蒋天枢先生是陈寅恪的学生。如果自己能够沿着学问之路走下去，不管走得怎样，都是一件极为荣耀的事情。

章老师在新中国成立前就成了中共地下党员，毕业留校后任中文系支部书记。1955 年，因胡风案件的牵连，变成了审查对象。在此前一年，周扬发表了《我们必须战斗》。章老师不同意周扬的无理批评，写了一篇文章投给人民日报，文章未被刊用，报社给他寄了十块稿费。章老师把钱用掉了，政治上却被挂了一笔。

章老师被定为胡风影子分子并被开除出党后，被调到图书馆。复旦党委的负责人杨西光、王零爱才，1956 年 10 月，又把他调回中文系，在蒋天枢先生指导下认真读书，打下了很好的基础，学问精进。1966 年 3 月，章老师在光明日报上发表《关于李伯元评价的几个问题》，不久，解放日报和文汇报都加了按语转载。据说按语是根据毛主席的批示精神写的。1979 年 10 月，他被派到日本讲学一年，复旦校方为他单独先行评审，提升为副教授。第二年 9 月回国之前，又在正常的评审一轮中，被提为教授。

章老师的学问是业界公认的。他的一些其他文章写得也令人弹眼落睛。网上有一篇章老师的文章《常识错误》，几千年前的文字，信手拈来。那种"常识"，在我看来就是精深的学问，没有大功夫是根本做不出来的。而且这种在古书里面转来转去的文字竟可以做得如此深入浅出，我读后只有佩服两字。

章老师最著名的著作可能是《中国文学史新著》了。中国的几本文学史，读中文的差不多都是读过的。章老师的这本文学史，确是与众不同。能在这么多的已有的文学史中写得与众不同，这需要什么样的学识才能做到呢。

章老师的《中国文学史》第一版我曾经买过一套。2009 年，复旦中文系 79 级在庆祝入校 30 周年聚会时，章老师又送我们每人一套《中国文学史新著》。当时章老师身体已经不太好了，托我们班里毕业后留校任教的同学黄毅教授代为签字。这本书现在我的书橱里珍藏着。时不时翻阅，常有收获。章老师发现问题的眼光实在是锐利，而阐释观点的过程又着实严谨。吴中杰教授在《海上学人》里写道：朱东润先生在他的自传里，特别提到章老师独特的课堂提问。可见章老师从学生时代起就喜欢独立思考，常提出一些人所未见的问题。

2003 年，我们复旦中文系 79 级学生毕业 20 年的时候，在北京聚会。那个时候，章老师已经生病了，但他还专程来北京和我们一起聚会。聚会结束的时候，刘朝荣、刘先林和我几个同学送章老师去机场。我们有点不好意思，因为在北京的同学没有一个在学问的道路上走下去。潘凯雄兄与学问沾点边，一开始在文学评论上高歌猛进，后来改走仕途了。其他的同学更多的是从事新闻工作。但章老师对我们的改行是很释然的，说在大学学习只是学习一种方法，有了一种好的方法，做什么工作都派得上用场。他后来与刘晓虹同学说过："搞什么专业都是为人民服务。认真搞就是好的。学中文，也是学一种方法，有一种修养就是了。"

2010 年去上海采访世博会时，见了胡令远兄。他说他曾经恭贺章老师获得"杰出教授"的荣誉。杰出教授每年有一笔不小的津贴。章老师说："你不应恭贺我这个，这点钱我全用来吃药了。你应该祝我没病，我才高兴。"

记得章老师给我们上晚明文学课时，给我们印象最深的就是晚明文学中的"好货""好色"。从章老师对胡令远兄的话中，我感觉，人最重要的是"好生命"。热爱生命，是我们生活中的最最要紧的事。

前几天在新民晚报读到刘晓虹同学怀念章老师的文章，说起生死，章老师说："我想生和死，就是人在世上打了一个来回吧。人生了，就注定要死的。"联想到章老师和胡令远兄说的话语，我以为，这是章老师给我们上的最后一课：热爱生命，同时看淡生死。

记得我们在毕业的时候做了一本纪念册，每个人留了一句话。王旭兄的留言是："找准自己的位置，放开嗓门使劲唱。"章老师对此句话很是赞赏，我曾听他说，他很喜欢学生有这样的态度，学生们毕业后要找准自己的位置，放开嗓子使劲唱。在章老师看来，只要找准了自己的位置，努力做好自己的工作就可以了。我给章老师的留言是："老师教给我很多很多，而我懂得的却很少很少。"我至今懂得依然不多，这有愧老师。我当时在纪念册留的一句话是："切勿让生命停留在生命上"。我想，我应该努力一点了，这样才不辜负老师的希望。不能简单地活着，至少，要有方法，要有修养。

章老师远去了，但在我的心中，他依然在"来回"着。

在复旦大学四年，最令我骄傲的有两点：一是我是复旦大学的学生；二是章培恒老师是我的老师。

神一样的老师

曾看过易中天的一篇文章，说他上大学时教他的老师多是名家，现在想起来都有点奢侈的感觉。回想自己在复旦求学的过程，也有这种"奢侈"的感觉。

我是复旦大学中文系79级中国文学专业的。在教过我们文学课的老师当中，有一个共同的特点，就是先后任"会长"的特别多。教我们课最多的章培恒老师，是中国明代文学学会会长，国内首屈一指的文学史专家。他的《中国文学史》我买过，他的《中国文学史新著》，被常州钱伯城先生誉为"石破天惊"之作，我现在还常常翻翻读读，那是2000年9月章老师赠送的。当时他已身患重病，由在复旦任教且年长的黄毅同学代章老师签的名。上选修课时，章老师对《西游记》人物的研究，彻底颠覆了我先前对这些人物的印象与评价，真是顿开茅塞。现在有时在一些场合遇到搞文学研究或是学中国文学的人，我一说章培恒先生是我的老师，他们无不对章老师的学术水平敬佩有加，并艳羡我在求学路上的好运。

大学四年，教我们最多课的老师是章培恒老师，记得共有五个学期，我也参加过他为我们开的小课，有明清小说的研究，古文的句读等。章老师是神一样的人物，他的老师是蒋天枢，蒋天枢的老师是陈寅恪。我们有多位老师是大师，他们的老师也是大师，甚至是更大的大师。我有时想，如果能够一直跟他们做学问，会不会也能取得一点成绩呢？我的多位老师都是神一样的老师，而他们的老师也是神一样的老师。但我当年对自己搞研究一直没有自信，作业本上，同学常得优、良，而我常得一个评语："这也是一说。"当时以为不怎么样，现在才知，这是一个很高的评价。也许，这正是一个优秀的研究者所应具备的独特的眼光。

有一次翻阅《读者》，从里面看到，说是王水照在中国社科院文学研究所工作的时候，对钱钟书先生执弟子礼，向钱钟书先生请教学问。王水照老师对宋代文学大有研究，曾任宋代文学学会的会长。我曾拜读过王老师有关苏轼研究的大作《苏轼论稿》，对王老师的学问甚为佩服，记得当时还是打印稿呢。我虽然没有上过王老师的课，因我大学毕业时写的论文是关于秦观的词，而指导老师正是王水照老师。王老师的文章文字华丽，观点新颖，读来让人十分佩服，我至今印象深刻。上攀名师，我也成了钱钟书先生的"再传弟子"了。但我知道，钱钟书先生是不收弟子的，我等这种所谓的学问也断不会入他的法眼。但不管怎样，能与旧常州府的乡贤拉上一点关系，也是极好的事。

一个人的师承，能上攀陈寅恪、蒋天枢、章培恒，和钱钟书、王水照，不做出一些名堂是无论如何说不过去的。可惜明白这一点已是太晚，只能艳羡还在复旦大学搞研究的同学们了。

我们班的辅导员是陈尚君老师，现任中国唐代文学学会会长。陈老师虽然没有在课堂上教过我们课，但聊天时对我们也多有启发帮助。因为他的年纪比班上有的同学还小一点，所以我们和他没有拘束感。陈老师喜欢下围棋，我们常在一起切磋。他后来完成《全唐诗补编》《全唐文补编》，奠定了他在这个领域的权威地位。有一次高克勤同学与我聊天，他说，在中国，唐、宋、明文学学会会长都是复旦的老师，都是我们的老师。我立时就有了"幸福"的感觉。

教过我们课比较多的还有陈允吉老师，是中国王维研究会会长。他是无锡人，我父母都是常州人，口音很相近。他在给我们上课时，一句韩愈诗"赤龙拔须血淋漓"，念得我现在还能模仿。教过我们课的还有黄霖老师，他是小说史专家，后来也担任中国明代文学学会会长、中国近代文学会会长、《金瓶梅》学会会长。黄老师给我们最深的印象是他提出了《金瓶梅》作者的"屠隆说"。王运熙老师做过《文心雕龙》学会会长。教我们外国文学史的夏中翼老师，是中国外国文学学会副会长，夏老师嗓音浑厚，"夏多布里昂"五个字被他念得抑扬顿挫，至今仍在耳边回响。我们的许多老师，多是他所从事研究领域的一流教授，而且多是"会长"。现在教授很少给本科生上课了，名教授更少。想想我们那个时候的"待遇"，是多么的奢侈和幸福啊。

老　柴

老柴是我所见过的大好人之一。

老柴全名柴增禄。名字虽然有点土，但他一点也不把名禄放在眼里。我与他同事多年，十分了解他。可以这么说，他心里只有别人，没有自己。

我是 2008 年到的总编室工作，不久去了中宣部新闻协调小组工作一年。老柴是 1941 年生人，比我年长整整 20 岁。

老柴是恢复评职称后第一批的主任编辑。等他退休时，还是主任编辑。是他没有做出成绩吗？不是。那个时候，电台的总结，有不少出自他手；每年的两会专题，他全权负责；电台的内参，他负责很大一块；台里的多份内部业务刊物和信息刊物，他也负责一部分。甚至是没有什么技术含量的向中宣部提供的周报，他也完成许多。不管是两会的好稿，还是内参的好稿，他从不署名。他发表的业务不多，但他帮人修改、甚至是写作的论文，一年少说也是十几篇。

我多次看到有人找他，说：老柴，帮我弄一篇业务论文。老柴总说：好的，拿来吧，我来帮你修改一下。来人说：没有稿子。老柴说：

那题目呢？来人答：题目也没有。来人只有一句话：老柴，什么也没有，你就帮弄写一篇论文。我们不反对老柴帮助他人，但都不太同意他这样的帮法。但他心底宽阔，找他的人还是很多。

别人请他吃饭，他不去；请他抽烟，他不抽；送他东西，他更是不收。人家的内参任务完不成了，他一遍一遍帮人改；论文写不好或是写不出来，他帮人一遍一遍修改整理。

老柴的业务没有的说，即便没有获奖节目，没有论文。但经他的手得的奖，大家心里都有数，而写他的总结，台领导心里也清楚。只要他申请，正高职称就没有问题。但他很拧，就是不愿申报。快退休的前一年，台里推荐他参评韬奋奖，他不愿意整理材料，台里要我为他组织材料。我费了一些功夫，写完了，但总是觉得写得不如人意：论文他没有署名，获奖他没有署名，总结他更不会署名了。他成绩很多，但在材料上无法写出具体的题目和具体的奖项名称。我也不能胡编啊，结果名落孙山。为此，我一直以为自己对不起他。

我天天写《老柴退休倒计时纪事》，把他每天的趣事和工作都记录下来。等他退休后我也一直在记录。在我看来，像老柴这样先进的人真的为数不多。后来他年纪大了，不再返聘，我也离开了总编室。

他不再返聘之前，我们一直对他说，我们大家在一起聚一下。他总是说，不急，饭也走不了。结果他退休以后，再也不来台里，我几乎就没有见过他。那顿散伙饭一直记着。

2017年上半年，我还与同事说过，什么时候我们一起同老柴把饭吃了，也是一种纪念。9月，我到蒙古探亲，在上飞机之前，接到同事小孙的短信，说老柴去世了。这让人惊讶，他不过76岁。去世的原因更是让人扼腕。他去世的前几天，北京天气不太好。一天老柴在外买东西，下雨了，他却不肯等雨停了，偏冒着雨回了家，因此受了寒，又不愿去医院，拖了两天发了烧再去医院，竟不治而亡。当年他就很拧，就是不愿写个评职称的申请。还冒雨回劲松的家。而今年纪这么大了，还是那么拧，还是那么喜欢与天气做斗争，说什么也不愿等雨停了再走。但人的命怎能与天斗呢。

　　我也早已年过半百，见过的人也不少了，但老柴做人我是绝对佩服的。飞机上我写了一首七绝，作为对他的怀念。

忆柴增禄

阅读人生已半期，

何人德道可学习？

此时身在云空上，

凝望云空犹觉低。

学兄张胜友

复旦大学中文系 77 级的学长张胜友去世了。他才 71 岁，这真让人感叹时间对人的不公。

我与他有过一点点的交集。我喜欢诗歌、散步，也喜欢杂文、杂品，棋牌、篆刻也喜欢。而且性格内向，自以为当个不太与人打交道的编辑比较合适。大学毕业时，我很想到报刊当副刊编辑，新民晚报是去不了了，因为一位很漂亮的贺同学已经去了，日后她为我发了不少小文章。人民日报倒是有两个名额，但听说是当校对，我也不太喜欢。因我也喜欢古典文学，于是就想去光明日报的文学遗产栏目当个编辑。张胜友在光明日报当记者，于是我给他写信，问问有无可能。他给回了信，大意是报社已经内定了一位女同学了。副刊编辑与古典文学的编辑都没有当成，后来我自己要求去了国家广播电视部。文学编辑当不成，当个记者也不错。张胜友给我的那封信没有保留下来，不然，也是他关心学弟成长的一个好证明。

来到中央电台，一天，张胜友的同乡陈遵萍同学找到我，对我说，张胜友很想要一个录音带《大学生圆舞曲》。陈遵萍是我复旦同寝室的同学，比我大九岁。他曾经帮我改过小说，那篇小说差点在《小溪流》发表。我一直以为，如果那篇小说能够发表的话，将会极大地鼓励我成为一个儿童文学作家。可惜未果，但我一直对陈遵萍心存感激，他常用的章子"陈垦"就是我替他刻的。《大学生圆舞曲》这首歌当时很有名，是张胜友写的词，谱曲者好像也是复旦的学生。学长要我做一点小事，我当然是很乐意的。于是到音乐资料库里把它借了出来，翻录到盒式带上。当时我刚到电台工作不久，翻录的技术很不地道，在那个盒式带上的头上走了长长的空白，才录上的。后来陈遵萍对我说，张胜友对我帮他翻录带子表示感谢。

好像在 2007 年秋天吧，张胜友受深圳市的委托，执笔起草《风帆起珠江》。作为文献片，广电总局是要审片的。我当时也充任审片人之一，又见到了他。他说要我多关照。虽然他只比我高两届，但他比我大14 岁，是前辈了。我当然不敢，也没有这个水平对他"关照"，只是称赞他又为大家提供了一个好的作品，让我们学习。

复旦新三届出了不少作家，惜乎周惟波、陈遵萍、张胜友都天不假年，真是天妒英才啊。

第七章

游在异地

墨西哥 —— 美洲首页

北美两国，历史之短就像是我们还活着的爷爷所讲的历史，不到一百年的房子已是文物需要保护，超过一百年的建筑几乎有如神明需供奉起来了。一个开口就是"秦汉以来""唐宋以降"的中国人到此，是感觉不到任何的历史沧桑感的，也体会不出时间积淀的凝重。

稍稍往南，到了墨西哥，感觉为之一变。在这块土地上，我们看到了用千年的历史所编织起来的彩页，感受到了从原古流传下来的气息。在墨西哥，曾经出现并极盛过美洲三大文明——玛雅文明、印加文明、阿兹特克——的其中两大文明。玛雅文明和阿兹特克文明像墨西哥的神灵高高悬挂，并照亮了整个墨西哥的大地。因此，墨西哥以它的古老历史可以被称作为美洲的首页，美洲的文明在墨西哥刻下了它的第一个音符。连一张普普通通的墨西哥树皮画，展开在手中，都能感觉到历史的厚重——那么大的树皮，非得要有一定年头的大树才会有啊。

古城遗址在墨西哥到处都是，仿佛是一条从公元前连接到今天的珠子，散落在墨西哥各地。特别是玛雅文化遗址，保存尚好的有二十多处，把那个像谜一样的玛雅文明凸显在墨西哥的土地上。整个墨西哥有

21 处古迹被联合国宣布为"人类文化和自然遗产",只比庞大而古老的中国少 10 处,这着实让人对这个国度刮目相看。

位于墨西哥城北的建于公元前的特奥蒂瓦坎太阳金字塔和月亮金字塔,静穆地处在空旷的土地上。这两个用石块堆起来的金字塔,显现着古老、古朴和简洁,虽然它只有 270 多个台阶,但在两千年以前的莽原上已经足够显示出它的威严了。可惜它们没有多少文字记录下来,遗址背后的历史,没有人听得明白。不然的话,整个世界立马会沉静下来,聆听它的布道。

但毕竟有少数的象形文字已为现代人所破解。玛雅人常立柱记事,有的柱子已经有 1200 年的历史了。人们在上面看到了历史的蛛丝马迹,仅仅这些,已经足以让美洲的文明史上溯到公元前两千年了,并让人看了个明白。

奇琴伊察玛雅城遗址上,那个古老的天文台,已经把一年定为 365 天,也已经为玛雅人解答了许多的疑问。在玛雅人的观念中,历史是以千年为单位扮演的无尽轮回。人生短暂如朝露,所以他们并不害怕死亡,以为死亡也是生命的一个部分。这对今天的人们来说,也充满了智慧和辩证的思维。单单是一个"零"的概念,他们就比欧洲人早明白了 800 年。莫非在他们的观念中,生命的结束就是"归于零"?或是重新开始?

如果真是这样,那么这个美洲首页是不是也是轮回,意味着重新开始?重新回到起始的地方或是重新回归繁荣?这个我不知道,也许知道它真正含意的只有墨西哥到处都有的古城遗址,和 3 万多个玛雅词汇——这是一个多么惊人的数字,比这块土地上的仙人掌不知要多出多少倍。它是文明的因子，散落在整个美洲的土地上，并在美洲盛开出了鲜艳美丽的文明之花。

人们应该来到这里看一看，因为美洲历史的第一页，从墨西哥掀开。

酸酸辣辣的墨西哥菜

在当今世界权威美食家眼中，墨西哥菜肴是和中国、法国、印度和意大利菜齐名的世界五大菜系之一。从单调的北美，来到丰富的墨西哥，你就会赞许墨西哥的美食了。即使你来自美食之国——中国，也会认可墨西哥独特的美食。

从加拿大到墨西哥，下了飞机，我们就在机场餐厅吃了一顿饭。侍者逐一问人喝什么？他们吃饭是各人点各人的饭菜、饮品，所以点菜的时间特别长。翻译建议我们喝一种名叫"玛格丽达"的鸡尾酒，它是用墨西哥的国酒"特吉拉"调制出来的。这是真正的墨西哥特产，里面放了不少冰，最奇特的是，在杯口还蘸了不少盐。我们对这种喝法感到很奇怪，但喝起来口感非常不错。

"特吉拉"是墨西哥的国酒，其地位如同中国的茅台。它是用龙舌兰酿制的。我们在太阳金字塔附近看到了龙舌兰。龙舌兰对于墨西哥而言，具有十分重要的意义。龙舌兰叶子肥厚，可以用来造纸。龙舌兰的花朵十分尖锐，据说可以当作武器。里面是空心的，有不少液体，行路之人如果口渴了，可以取之解渴。如今龙舌兰最重要的作用是制造龙舌兰酒（Tequila）。用龙舌兰叶酿制成的龙舌兰酒是墨西哥一大特产。龙舌兰酒的度数比较高，跟一般的洋酒口感差不多，中国人也许并不十分喜欢。但用它来调制的"玛格丽达"，味道十分不错。

墨西哥菜分前菜、汤类、主菜和甜品，汤类较为清淡，用以突出主菜的酸辣特色。墨西哥曾被西班牙统治过很长时间，而受到古印第安文化的影响，菜式均以酸辣为主。辣椒成了墨西哥人不可缺少的食品。墨西哥人每顿都离不开辣椒。他们爱把西红柿、香菜、洋葱和辣椒切成碎块，卷在玉米饼里吃，甚至在吃水果时也要撒上辣椒粉。听说，墨西哥本土出产的辣椒有一百多种，颜色由火红到深褐色，各不相同；至于辛辣度方面，体形愈细，辣度愈高。有一种叫"莫莱"的调味酱，是以玉米为主加肉末及各种香料制成的，很有刺激食欲的功效。但我们吃的辣椒，都不太辣。曾在国内听说过，墨西哥的辣椒是出名的，所以时时跟饭店提出，要吃最辣的辣椒。但饭店拿上来的，常常是与国内的辣椒酱一类的东西。湖南人、四川人会觉得不过瘾的。

玉米是墨西哥的一大主食，也是墨西哥菜不可缺少的材料之一，品种繁多如同山西的面食。玉米就是墨西哥人的先民印第安人培育出来的，至今用玉米做成的美食还是墨西哥人领先。玉米饼、玉米粥、玉米汤、玉米卷、玉米粽子、玉米春卷、玉米袋饼、玉米脆饼，好像没有东西是玉米不可做的。有一道菜，以玉米为次，鲜鱼为主，沾上牛油制的酱汁的鱼柳香滑鲜美，大粒的粟米则爽甜过人。

吃了多天的墨西哥饭菜后，我们的感觉是："没有想到玉米也这么好吃。"看来做法很重要。以前吃薯类的食品，吃得并不舒服，但麦当劳里的土豆泥，却是美味。看来如何制作是个很大的学问。

我们一直说，墨西哥人与我们有共同的祖先。在食物上也有共同的特点，比如，他们也吃粽子，名字叫"达玛雷斯"，是玉米叶包裹的玉米粽子，里面有馅拌鸡、猪肉和干果、青菜，肉香伴香嫩叶芬芳，煮熟后带着嫩叶的芳香，甜、辣、香味兼备，吃后齿颊留香。还有一种是用乳酪、肉、南瓜花做的玉米粉卷子，用猪油做熟了吃。还有一种食物，像春卷，他们叫"达科"（把肉馅放在玉米薄饼中卷好后放在奶油中煎炸），味道也不错。

留下印象的还有用仙人掌做的菜。墨西哥拥有 1000 余种仙人掌科植物，被称为仙人掌王国。连墨西哥的国旗上都有仙人掌的图案。仙人掌富含多种矿物质、维生素、氨基酸和蛋白质，用仙人掌制成的菜肴深受当地居民喜爱。单独吃，没有什么特点，也不太符合中国人的口味。但如果跟别的东西混在一起，还不错。有一道墨式沙律，奇特无比，其用料配备了与青瓜口感相近的仙人掌和杂菜等材料，再加橙香的酱汁，入口清爽，配以墨式鸡尾酒"玛格丽达"或是"布鲁玛"，味道就更不错了。

在墨西哥吃饭，不能不说说海鲜了。墨西哥的海岸线长达 11000公里，渔产丰富。这里的鱼的品种比较丰富，离海近，鱼也鲜，但做法和中国人相比就单调得多了，多是像做牛排一样的做法。什么红烧、清蒸、醋熘、串汤，都没有。一次，我点了一道螃蟹，拿上来的却是一堆他们剔出的螃蟹肉，酸中带辣。这和江南吃螃蟹完全不同。这种吃法，吃掉一只螃蟹用不了一分钟，而厨师却要累死了。我笑说，这种做法可以一顿吃二三十只也没有问题，只是，敲壳剥肉的享受过程也全都没有了。

用银子镶嵌的塔斯科

如果从高空往下看，塔斯科一定会像满地碎银一样，散发着耀眼的光芒。这个位于墨西哥首都墨西哥城西南 170 公里处的山城，因出产白银和各种精美银器而闻名遐迩，享有"世界银都"的盛誉。这个只有 10 万人口的小城大大小小的银店有 350 多家，加上银器加工作坊，共有 1500 多家，甚至更多。

驱车来到城中心的圆形广场，广场西侧高耸着一座巴洛克式的大教堂。这个从 1751 年开始修建的巴洛克式风格的圣普里斯卡大教堂是墨西哥有名的教堂，为西班牙人所建。教堂颇有气势，外面布满精美的雕塑，内部金碧辉煌，与银城的名字十分匹配。

历史之谜有时就在于，你自己都不知道而别人却全都这般以为。在这里我们听到了一个与中国人有关的传说。在一家小型的博物馆里，当地人士介绍说，中国人早在四五百年前，就把中国的货物运到墨西哥，再运到西方，频繁的贸易往来加上塔斯科本身盛产的银子，使这个城市迅速繁荣起来。他们对与中国人进行贸易往来而使当地迅速繁荣表示十分感谢。这可是不见中国史籍的一种说法，要知道，那个时候，明朝的皇帝为了"安全"起见，已经严令"不许片帆下海"，实行海禁了。莫非踏上这块土地的是郑和的船队？或是郑和的随员？或是海禁后，为了生活偷偷地进行着海上贸易的其他人？那浩渺的太平洋居然没有阻隔中国的跨海梦，人类的航海史真是应该重写了。我无法怀疑他的说法，因为他又说，他听他的爷爷说，那个时候，有很多人，包括中国人和墨西哥人都到这里来贩运银子和银元到中国去，许多人因此发了财。墨西哥的银元上有鹰的图案，中国人俗称"鹰洋"。一说起鹰洋，我突然想起，小时候听说过也见过各种各样的银元：袁大头、孙小头、船洋、鹰洋，等等，没想到，在万里之遥的墨西哥的塔斯科，我来到了鹰洋的出产地。鸦片战争后，鹰洋大量流入中国，在南方、中部各省几乎成为主要货币。据清朝宣统二年户部的调查统计，当时流通的外国银元约有11亿枚，其中1/3是墨西哥鹰洋。遗憾的是，在到处都是的店铺和满目的银器里，我没有找到一块鹰洋。不然带一块鹰洋渡过万里大洋回到中国，应该是很有纪念意义的。

塔斯科的道路不宽，路面多都用黑色山石铺成，街道随着山形，弯弯曲曲，房屋多为二三层，阳台上摆满了鲜花。闲走在路上，遇一小个子女孩，与我打招呼，问我是否从中国来。我有些吃惊，能在这个地方遇上中国人。于是聊了起来，她是对外经贸大学的学生，安徽芜湖人，叫黄珊，外文名叫苏珊。专业学西班牙语，接受墨西哥的奖学金正在此交流学习。我们正缺翻译，黄珊的到来正好成了我们的帮手。

这里的银店一家接着一家，出售的银制品，各有特色。墨西哥具有悠久历史的玛雅文明和阿兹特克文明，为银品加工奠定了丰厚的文化底蕴。塔斯科的银制品在保持独特的古印第安人传统艺术风格的同时，还把现代流行款式同传统的艺术风格结合起来，创造出构思独特的银制艺术品。大家对这里的银首饰十分有兴趣，几位女士好像到了不要钱的地方可以尽情去取。我买了一对外有银皮包裹的喝特吉拉的酒杯和一条银手链，其他人也各有所获。

又去一个房屋，那是200年前的一座建筑，现在成了博物馆。听完介绍，主人送我们每人一个黑曜石的印第安人的石像。黑曜石是一种坚硬得可以当作武器的石头，古代印第安人正是用它作为利器征伐其他部落的。看得出，大家对这种石头很有兴趣。这是墨西哥的特产，也是玛雅文明的一种象征。

我们游览在塔斯科的街头店铺，在银饰品的耀眼的光芒中，捕捉着自己所喜欢的那种光焰。塔斯科，印第安人的故乡和"玩球的地方"，一座用银子镶嵌起来的色彩艳丽的山城。

谜一样的墨西哥

墨西哥的国土面积比中国小很多，但它的海岸线却是中国的四分之三。墨西哥的历史也远没有中国的历史悠久，但它的世界文化遗址却有我们的四分之三之多。而它的首都墨西哥城，更是大得惊人。城区面积比北京大不少，人口比上海还要多许多。

来到这片土地，你会觉得上帝很厚爱他们。西濒太平洋，东临加勒比海，空气清新，土地肥沃。地理位置稍靠赤道，地势却高，赶走了暑热，气候十分宜人。但墨西哥人并不这样以为，墨西哥有一任总统曾经说过，墨西哥离上帝很远，离美国很近。因为美国曾割去了墨西哥两百多万平方公里的土地，比它现在的国土面积还要大。加利福尼亚、佛罗里达等在一百多年前都是墨西哥的领土。不然的话，今天的墨西哥将会更加吸引人。

说到墨西哥的海岸风光，不能不说坎昆。坎昆位于加勒比海北部，尤卡坦半岛东北端海滨，是一座长21公里、而宽度只有400米的美丽岛屿。这样的地理位置和形状，全世界也不多。难怪在玛雅语中，坎昆意为"挂在彩虹一端的瓦罐"，被认为是欢乐和幸福的象征。澄静的海水，柔软的沙滩，让人流连忘返。现在的坎昆，绝不是什么瓦罐可以比喻的。1972年墨西哥政府在这里投巨资建设旅游区和自由贸易中心，重点发展旅游业。在这里，光是星级宾馆就有150多座，有一半左右是五星级的，是世界上五星级宾馆最密集的地方。目前，坎昆已被誉为世界第七大海滩度假胜地。到了夜晚，被海水洗去了一天疲劳的旅游胜地，犹如不夜城。喧闹的歌舞，跳跃的霓虹，把一座城市变得如同白昼。

在人们眼里，墨西哥是一个神秘的国家。其实，它与中国心理相距并不遥远。据说中国人早在梁朝就到过这里，而不是面积更为辽阔的北部——美国。当然那个时候是没有美国的。也曾有人考证，说中国古书上的"扶桑"不是日本，而是墨西哥。

在阿卡普尔科历史博物馆陈列着一艘大船的模型，它就是著名的"马尼拉大帆船"，又被称为"中国之船"。据记载，公元1564年11月20日，一艘船名叫"弗里亚尔·安德列斯·德乌尔达内塔"的大船从阿卡普尔科港起锚驶往亚洲，并于1565年4月27日抵达菲律宾。同年10月8日，从菲律宾马尼拉驶出的"圣巴勃罗"号，经过129天的航行终于抵达阿卡普尔科港，运来了来自中国的瓷器、丝绸、象牙雕刻等，从此开辟了墨西哥和中国等亚洲国家的海上贸易航线。这条航路就是"海上丝绸之路"。

阿卡普尔科是个拥有金色沙滩的旅游城市，在海岸边有20多处金黄色的海滩，四季都可以进行游泳及钓鱼等娱乐活动。海滩上还散落着数不清的小凉棚，吸引了来自世界各地的游客在此休闲度假。海边还有一道狭小的海沟，两边悬崖高耸，怪石嶙峋。每到晚上，当地人为游人表演"死亡跳水"节目，人们从几十米高的地方往下跳，还做着各种表演。难怪墨西哥也是个跳水强国，良多的海湾为跳水爱好者提供了众多的天然跳水场。

太阳金字塔和月亮金字塔位于墨西哥城东北 20 多公里的山谷盆地中。这两座金字塔是特奥蒂华坎古城遗址的一部分。太阳金字塔建于公元 2 世纪，高 65 米，南北长 222 米，东西宽 225 米，塔顶曾建有太阳神庙，现在只剩下一个大平台了。四周有台阶通向塔顶，台阶不多，数了数，有 234 个，与一般楼房的十四五层楼差不多高。由于四周都是平台，看着它奇峰突起，真是神圣的感觉。墨西哥的金字塔是印第安人祭天的圣坛。月亮金字塔比太阳金字塔规模要小，但据考证，重大的宗教仪式都在它前面的月亮广场举行。特奥蒂华坎古城其他建筑，如太阳宫、蝴蝶宫殿的墙上仍保留着古代壁画，年代虽已久远，但看上去色彩还很鲜艳。

在这里，最值得购买的是黑曜石。在墨西哥，一说起它的石头，必是著名的黑曜石了。墨西哥的石头，不仅是装饰物，还是工具，同时也是武器。先前，墨西哥不产铁，人们用来耕作的工具常是坚硬的黑曜石，狩猎的刀斧是它，而部落之间争斗的利器，也是它。在太阳金字塔，小贩们围着我们兜售，这些黑曜石令人爱不释手。其中有一种，是项链里镶嵌着一个黑曜石的印第安人头像，特点极明显，工艺也称得上精巧。我们每个人都买了不少。有人说，还要到别的城市看看，届时再买不迟。我们以为有道理，但没有想到，这会成为一件憾事。后来不论是在坎昆，还是在墨西哥城，或是在女人岛，我们也看见了黑曜石，但它的价格几乎都是在太阳金字塔处购买的七八倍左右，而且一点也没有降价的可能。我是一则为自己感到庆幸，毕竟买了几件，看到别的城市的黑曜石价格，又有所遗憾，应该在太阳金字塔那里，选一两件更满意、更漂亮的工艺品带回家。

在墨西哥，玛雅文化到处都是。在墨西哥城的中心广场，就有一处。只是因为财力不够，没有好好发掘。要看玛雅文化，奇琴伊察是个合适的地方，它位于坎昆西南 200 公里处，是已经发掘出的最著名的玛雅文化遗址。玛雅文化大约发端于公元前 1800 年，奇琴伊察则始建于公元 5 世纪，7 世纪鼎盛时期占地面积达 25 平方公里。玛雅人在这里用石头建造了数百座建筑物，已经发掘出的重要建筑有库库尔坎金字塔、勇士庙、千柱群、球戏场、天象台等。这些建筑高大雄伟，雕有精美的纹饰，显示了古玛雅人高超的建筑艺术水平。在球戏场，当地人为我们表演了用胯部把球击中到两三米高的圆孔，难度实在是不小。这对现在最优秀的足球运动员来说，也是难事。

墨西哥对我们来说，真是既古老又年轻，各地区别很大，文化呈现多样性。阿卡普尔是令人着迷，坎昆令人销魂，女人岛令人沉静，金字塔令人神往，特奥蒂华坎叫人沉思。

墨西哥城晚上的灯火即使是在飞机上看，也看不到边，塔斯科的隧道却细如溪流。它是个美洲城市，又有许多东方色彩。有时间在墨西哥走走，仔细地浸入其中，细细品味，能品尝到东西方皆有的混合的滋味。

建在隧道上的城市——瓜那华多

一座城市的与众不同的特点是最能抓住人心的。难怪外国游客、甚至包括中国其他地方的游客到了北京，都会喜欢灰墙、红门、槐树蔽空、宁静幽深的胡同。

墨西哥的瓜那华多，以其城市底下有五六公里长的弯弯曲曲隧道而被称作是建在隧道上的城市，显现出了与众不同的魅力。

从宾馆坐车驶入隧道，这座城市就像蛛网一样紧紧地抓住了人心。如河流一般蜿蜒曲折的隧道，犹如迷宫，把人心带到了莫名兴奋的地方。这里的隧道极有特点，它并不全部封闭，时有阶梯可以通达上一层面。偶有一块如天井一般的空地，竟有人家在其中，状如中国陕北的窑洞。他们既可顺隧道出入，也可以沿着旁边陡峭的石梯上下。更为奇妙的是，窄窄的隧道里还设有共交汽车站，稍大一点的地方还是停车场。城在山上，被削成了无数处平台，游人随之高低。穿行在隧道中，让人感觉就像一会儿穿行在城市的脚底，一会儿又到了城市的头上。这真是一座建在隧道上的城市。

隧道如河，街道如线，密如针织。街道又密又窄，转过一座房子，便是一条街道。跨过一条街道，又见一座房子，一条街道，而这条街道同样窄窄的。一个十来人的乐队问我们是否要乐队伴奏，于是我们就跟着他们前行，他们边行边弹，载歌载舞，我们跟着他们，打着节拍，颠着脚步。到了一个相对稍宽的地方，我们跟着他们学着跳起了墨西哥舞蹈，热烈得如同遇见多年不见的知己，忘记了自己来自遥远的东方。

在一个名叫吻街的地方，一个12岁的小女孩主动要求给我们当导游，费用说是无所谓。小巷甚窄，二楼两边的阳台几乎相接。一对有情人在各自的家里就可以和对面的情人见面甚至接吻了。有钱人家的少女和穷人家的男孩的故事当然是罗密欧与朱丽叶式的悲剧，但听起来好像只有这样才能更让人对这吻街记忆深刻。教堂在不远的地方，如同巍峨的问号，让人仰视，敬畏发问，生命的结合难道不能抛开财产与地位的羁绊吗？聪明的人类有时也被自己禁锢得无法迈步。

瓜那华多的一切都那么精制、那么小巧，连教堂前的广场也显得那么玲珑。它的街道窄得就像是胡同，两边的建筑都是古代西班牙式的。到处都是小店，小店铺里的主人在等着客人们的问津。斜斜的道路上流过多少时光岁月，没有比坐在长椅上看时光慢慢流过更好的消磨生活的方式了。当然游人是停不下脚步的，不知道这是游人的幸或不幸。

在中心地带稍大的一块平地上，绿树葱荣，浓浓的如同华盖。几家餐馆把餐桌摆放在店外，游人自得其乐，喝着啤酒或是当地有名的马格丽达鸡尾酒，或是用龙舌兰酿制的饮料。主人请我们也到这里来用餐，我们与主人一同举杯，高呼"萨鲁"，一同干杯，沉醉在古城的迷人风光中。

夜来临，星灯闪烁，我们也渐渐地与城市一同宁静下来。我越发感到瓜那华多像是云南的丽江，一个灵魂居住的古城。主人问我们感觉如何？我说，这是一座最有风情的城市，这是一座能让人忘记故乡的城市。也许，生活就应该像这样，沉醉在一个风情浓郁、特点鲜明的小城中，让生命与每座建筑融合在一起，把生命消融在一条条街道中，一个个店铺里，一条条长与不长的隧道间，当然，还有一个个迎面而来的少女的微笑或迷乱的眼神中。

伟大的玛雅文明

在世人眼里，玛雅文化本身就是一个谜。它来去匆匆，在经历了辉煌之后就湮没在中美洲的翁郁丛林之中。在玛雅人的观念中，历史是以千万年为单位推演的无尽轮回，人生短暂如同朝露。莫非这种观念影响了玛雅文化的长生？玛雅文明的突变式发展和倏忽消失至今仍是难以破解的谜题，这使得它成为最引人入胜的古代文明之一。

玛雅文明只比四大文明古国的中华文明稍晚。早在 5000 年前，它就出现在墨西哥和中美洲危地马拉的太平洋海岸。它的城市经济十分超前。城市经济发展的原因是因为玛雅人的手工业水平很高，他们会制陶，用燧石或黑曜石制成各种工具和武器，用棉花织成布匹，用金、银、铜和锡等元素制成合金，加工成各种器皿和装饰品。市场也很发达。

玛雅的城市很多，在公元后的八个世纪中，各个不同的玛雅部落前前后后共建立了一百多个城市，其中比较有名的有帕伦克、科庞等。建筑和艺术是玛雅人对人类做出的巨大的贡献。玛雅人的建筑与中国人的砖木结构有所不同。他们主要是用石头建造了许多宏伟的殿堂、庙宇、陵墓和巨大的石碑。所以玛雅人的建筑物不但气势宏伟，而且富丽堂皇。有一些至今还矗立在墨西哥的土地上。至今在尤卡坦或危地马拉的热带丛林里残存着的玛雅遗址中，我们还可以看到在那些断壁残垣上鲜艳的色彩和美丽的图案。玛雅人还常在城市里立柱记事，通常是每隔20年立一些石柱记一些重要的事情。历史学家可以根据石柱上的记录知道这座城市的来龙去脉。据现有的材料得知，立柱的年代竟长达1200多年，最早的一根石柱立于328年，比中国最早的佛寺白马寺晚了大约300年，比少林寺要早100年左右。

原本以为远在美洲的玛雅文明远离自己，没有想到，这早已经消失了的文明，至今还在影响着自己的生活。

玛雅文明在农业生产中培育了对人类有重大贡献的粮食新品种，如玉米、西红柿、南瓜、豆子、甘薯、辣椒、可可、香兰草和烟草等，数量之多超乎想象，而且没有一样不与今天人们的生活息息相关。其中玉米的培植对人类贡献最大。玉米本是美洲的一种野生植物，经过玛雅人的培育，把它变成了高产的粮食品种，成为美洲印第安文化的物质基础。欧洲人到达美洲后将玉米传播到全世界，成了世界上许多地方的主要粮食，帮助世界上许多地方的人民度过了无数次的灾荒，对人类的延续和发展做出了不可磨灭的贡献。玛雅人还是火鸡的培育者。火鸡现在已是欧美家庭过节必备的美味佳肴，在欧美的饮食文化中玛雅人的功绩是载于史册的。然而这对玛雅人来说，只是他们对人类的一个小小的贡献。

玛雅人在数学上的成就是发现了零，这在数学上是一个了不起的成就。这一成就比欧洲要早800年。玛雅人的计算方法是根据人的手指加脚趾合起来计算的，所以是 20 位制的。玛雅人只用 3 个数字符号组合就能运算非常精确的天文历法和日常生活中的一切数学难题。这三个数字是用圆点表示 1，一横表示 5，一个贝壳表示 0。这个伟大的发现完全可以和中国人发现的二进位制相提并论。

　　在历法上玛雅人也有他们的独到之处。他们把一年定为 365 天，一年分为 18 个月。每月 20 天，下剩 5 天作为禁忌日。历法的精确远早于欧洲人后来使用的格里高利历。他们还会推算月亮、金星和其他行星运行的周期，日食的时间。玛雅人运用"太阴计算法"推算出来的金星年份 1000 多年也不差 1 天，比当时世界上的任何一部历法都准确。与中国在汉朝就制定的由司马迁等人编写的《太初历》、刘歆所作的《三统历》可以媲美，中国这两部历法的重要特点是把一年的天数定为 365 天。

　　这么一个伟大的文明在公元 10 世纪初期突然神秘地衰落了。到 11 世纪以后，才由从墨西哥高原南下的托尔特克人与剩下的玛雅人一起，在尤卡坦半岛北部地区部分地复兴。但与玛雅文化的全盛时期相比，已不可同日而语。后来西班牙殖民者入侵后，便更加一蹶不振了。

　　我们真难以想象，在几千年前，在美洲，出现过这么一个光辉灿烂的文明。这文明的成果，我们至今还在享受着。而它又突然消失了，其原因我们至今也不知道，玛雅文明，既伟大，又令人着迷。

墨西哥的象征——黑曜石

一说起南非，就会让人联想起钻石，一说起缅甸，就让人联想起翡翠。而在我们中国，一提起石头，肯定是寿山石与青田石，或许还有和田玉和巴棱冻，以及辽宁的岫玉。在墨西哥，一说起它的石头，必是著名的黑曜石了。也许从纯粹的石头价格上来论，黑曜石不如上述的几种石头，但论它的象征意义，它或许能排在第一。

墨西哥的石头，不仅是装饰物，还是工具，同时也是武器。先前，墨西哥不产铁，人们用来耕作的工具常是坚硬的黑曜石，狩猎的刀斧是它，而部落之间争斗的利器，也是它。

在某城，主人送我们一具印第安头像的黑曜石，晶莹精美。

黑曜石能强力化解负能量。它产于墨西哥，中国古代的佛教文物中，就有相当多有关于镇宅或避邪的黑曜石圣物或佛像。黑曜石也是现在供佛修持布施的最佳宝石。在水晶家族之中，黑曜石也是排除负性能量最强的水晶之一。由于黑曜石本身是所有晶石之中，吸纳性最强的一种宝石，所以在古中国甚至西方，都喜欢用黑曜石来作为驱邪的工具甚至宝物，甚至有生病的人或者有失眠症者，佩带黑曜石有助于改善。

在太阳金字塔，小贩们围着我们兜售黑曜石，这些纪念品令人爱不释手。其中有一种，是项链里镶嵌着一个黑曜石的印第安人头像，特点极明显，工艺也称得上精巧。我各种带有黑曜石的饰物买了11件。有的人买得更多。

有人说，还要到别的城市看看，届时再买不迟。我们以为有道理，但没有想到，这会成为一件憾事。后来不论是在坎昆，还是在墨西哥城，或是在女人岛，我们也看见了黑曜石，但它的价格几乎都是在太阳金字塔处购买的七八倍左右，而且一点也没有降价的可能。

我是一则为自己感到庆幸，毕竟买了几件，看到别的城市的黑曜石价格，又有所遗憾，应该在太阳金字塔那里，选一两件更满意、更漂亮的工艺品带回家。

香港的三个比喻

从天空往下看，香港的形状类似放大了的区旗紫荆花；如果平视，香港的街道在林立的高楼间如同悠长的隧道；而放在历史的长河里，香港便是穿行在时间隧道里的一朵莲花。它的结晶，就是香港的代名词——东方之珠。

西谚说："一百个人眼里就有一百个哈姆雷特。"香港繁花似锦，美轮美奂，意象万千。香港之奇妙，远胜哈姆雷特。香港对于内地，有多个不同的象征。而我对香港有三个比喻。

第一次比喻香港，我把它比作千斤顶，那是改革开放之初的香港。打开中国的版图，香港和澳门像是两只千斤顶。在中国内地和世界交流不畅通的年代，港澳两地以同为中华子孙的力量，支撑起了中国内地与世界的贸易往来。这种力量，也给中国掀开历史崭新的一页以巨大的支持。中国版图，人们都说像是一只公鸡，但那个时候，我更想把它比作一块巨大的岩石。而香港和澳门就是这块巨大岩石下的两只千斤顶，为内地撑开了一丝缝隙。风从南方来，雨从南方来。除了贸易和资金的流入，港台音乐从心而出，从这里飘入；香港影视从情而演，从这里传入；武侠小说从侠而出，从这里进入。可以这么说，港澳这两只千斤顶，撑开的不仅仅是一条缝隙，而是打开了一扇窗户——内地看世界的窗户。

第二次比喻香港，我把它比作高铁上的轮子。香港回归十五年时，中国的经济以高铁的速度驶向世界，香港和澳门就如同内地高铁上的两只轮子，与内地这辆动力十足的高铁一起呼啸前行。西方一个个大国被我们甩在了身后。我们曾以这一比喻问香港特首梁振英。他说：香港是我们国家这辆高铁很多个轮子的其中一个。香港和整个内地的关系是个互动的关系，一方面，香港在某些方面是一个比较先进的城市；在其他方面，我们应该向内地学习。问得高妙，答得巧妙，或许未来两地的图画会更美妙。假如将来有一天，香港曲曲弯弯的海湾线，能与内地笔直的高速铁轨相连，那将是一幅何等美妙的图像啊。

第三次比喻香港，我把它比作蒲公英。今年是香港回归二十年，内地在自己的努力下，也在香港等地的帮助下，经济总量已经跃居世界第二。而香港继续保持国际金融、贸易、航运中心地位，是全球第四大金融中心、第八大贸易实体、第五大集装箱吞吐港。"背靠内地，面向全球"是香港发展的方向。香港的夜晚华灯盛放，满天星斗与之交相辉映，远望近观皆如蒲公英。如今，它慈善的触角在内地伸得更远，光明行动让更多的人看得更清，连接人心的五止桥建在更深的大山深处。同时，香港人在内地创业，香港医生在内地开业，香港学生在内地就业，也已经成了常态。蒲公英的心，在远方，它随着风，四处飘散，而珠三角和广袤的华夏大地，正是它最丰厚的土壤。它正飘飘而下，落地生根，与我们一同成长。内地好风不断，香港湾平浪静；中国好风不断，世界祥云飘飘。

美国原财长萨默斯说：二战结束之后，世界上只发生了两件事，其中之一是中国的崛起。在这之前，西方国家一直不看好中国的发展前景，在它们眼里，中国的政治体制和经济模式都是异类。但是他们没有想到的是，中国模式到现在为止是最为成功的。更让人关注的是，中国的崛起是一个过程，它远不是结局，它将航行得更远。在这个航行过程中，香港将与内地一同向前。设想将来的香港，道路会更宽一些，楼房会更高一些，生活会更滋润一些，人们的表情会更丰富一些，而香港民众的心会与内地民众的心贴得更近一些，而它的方便与舒适依然会更得人心。漫步街头，海风正柔，景色如绣，子夜如昼，纳新怀旧，力登高楼。也许到那个阶段，我对香港还有第四个比喻。

澳门观感

之一——闲适澳门

用闲适两字来形容澳门，可能是没有到过澳门的人想象不到的，而这正是澳门的精彩之处。

闲适是中国人高质量生活的内化表现。天地景物得之于心，水际烟光浑与身连。看看花开，做做鱼游，快意地解读生命的本质，此乐何极。闲适说到底是对生活的满足。对于邻居香港，澳门人有自己的看法。香港人好像每天都在拼搏，匆忙地走路，无休止地奔波，全力地做工，生活成了生存，为了金钱，牺牲了太多自我，变成了一个简简单单的经济动物，而与生活产生了隔膜。

而澳门人可不这样，澳门人的人均收入水准虽在香港之下。但他们看来，他们过得一点也不逊色于香港。澳门的房价和北京相当，甚至还要低一些，物价大致相同，而平均收入是北京的四倍左右，公务员的收入则是国家公务员的十倍。在这里，你不必为生活奔波，也没有焦虑。一生与沧海为伴，看云烟操练；四季同绿叶为伍，顾周遭即景。没有生活的压力，心态如海一样平静。所以澳门人的举止，文静而得体，不愿匆忙地走路，所以也不存在喧哗，路上的汽车也静悄悄地开。就连赌场，也极少高声喧哗的。音乐厅更不用说了。许多的店，安安静静地门开着；许多的人，高高兴兴地工作着；许多的事，平平和和地完成着。

仔细想想，在中国或许没有其他地方有这份心态了。大陆不要说了，现代化的道路漫长崎岖，任重道远，要不停止地拼搏，迎头赶上，况且还有一些落后地方的苦痛呐喊。台湾，无处不在的危机在等着它，它的游离于祖国之外，使它总有一种随时没入海中的忧患。香港，在英国人留下的灾难中磨难并不时迷失，从无自由的身躯一旦被解放了手脚后反而变得不知所措。只有澳门，如同一个生在福地的孩子一般享受着大海的呵护，享受着阳光。

有时想拿苏州比之，苏州是中国文化的后园，这点澳门差了一些。但澳门也是一个不错的后花园，没有工业的污染，有的是海风的轻拂；没有生活的压力，有的是生活的闲适。你可以让你的身体和灵魂，在这里放松，慢慢地游，惬意地生活。

之二——音乐澳门

澳门像是一只会唱歌的蚌。蚌不一定是澳门人的生活必需品，音乐却一定是。蚌虽然没有像鱼一样奔放的活力，但它宁静中有持续的力量，如同低缓的回声，无边无尽。

澳门虽然在南天一隅，但澳门的海风也会唱歌。这习惯也许是从出海人那里传下来的，海上的船民心中听见妈祖平安的祝愿，那是天底下最美的歌声了。

　　澳门虽然没有特别豪华的音乐厅，但市政厅里的音乐厅已是不错。在澳门，音乐如同生活必需品，常备之左右。最主要的是，在澳门，欣赏音乐似乎并不需要特别的规规矩矩的要求，在露天广场，在喷水池或是大三巴广场上，甚至是在街区的一块稍大的地方，都可以停下来听音乐，那大多是在教堂的附近。教堂里的音乐会大多无需门票，守着规则可以安静进出仔细欣赏。教堂里在演出，教堂外的广场上的电视屏幕上也同时在转播着，路人随意地坐在周围，欣赏着。教堂内外一起唱和，小小的教堂，里面传出的歌声，飘得很远很远，人与音乐一起沉醉。

　　在澳门，音乐如同信仰，就在生活之中。在这里，音乐是高雅的，但又不是离人远远的，它就在人的身边。不管是西洋交响乐，还是中国民乐，或是其他什么风格，在这里都会变成生活的随身。

　　颇负盛名的澳门音乐节已经举办了十七届了，澳门政府把它作为一个城市的品牌精心打造，每年一个月，也属盛况了。来自世界各地的乐团和艺术家们来到这里，成为这座城市的风景。多种形式的表现，各种不同的风格，在这里都能获到平和愉悦的欢迎。来自大陆的一些名家也常来此客串，或欣赏、或演出、或点评、或介绍。我们中央人民广播电台受澳门特别行政区文化局的邀请，来此转播或录播了所有场次的演出。聆听音乐，我感到了一种宁静的美，涌动而不狂放，涓流而有激情，炽热而富理性。我有时感到奇怪，这里的音乐同粤语歌、南音那种高亢迥然不同。莫不是长久与西方文明相融，它已经形成了自己独特的风格了？

　　不管是不是一种变迁，澳门就像一只蚌，在南海唱出了自己的声音。

之三——袖珍澳门

习惯了中国内地的辽阔，你会惊讶于澳门之小。澳门之小，小到一天便可以用脚丈量一遍。

澳门之小，只有来过此地的人才会有真切的体验。它由三个岛组成。除了氹仔稍远外，其余的地方，只需花一天时间，就把它的主要的地方走了个遍。来澳门两周的人，都可以自称澳门通。

澳门简直就是一个小的代名词。

著名的喷水池，处在一个小小的广场上，其水不过两三米高，也许它能喷得更高，但那肯定会落在旁人的身上，因为路人将无处可躲。一些公园还没有北京的街心公园大。那个替代澳门成为英语名称的妈阁庙，小得只需十几分钟时间就可以走遍。

住在澳门的中途，我换了一家饭店，两个饭店之间被接待的主人称作有些距离。我后来办事走过一次，步行不超过八分钟。住在稍微中心一点的饭店里，到许多地方也就是十几分钟的路程，半小时算是远的了。因为小，所以道路都设计得非常狭窄，大多如北京的胡同一样，仅一辆车能过。人行道多不足一米。如果走在两三米宽的人行道上，那肯定是一条大得不得了的马路了，最多也就是十七八米的样子。

小的澳门，也有大的地方。比如澳门的商店很多，但店面较窄，纵深十米算是大的了。金店到处都是，典当行，一眼望去，看见二三十家不成问题。给人的感觉，是个商店就是典当行，当地的语言叫"押"。当然还有不能不提的赌场。赌场相比较澳门的面积而言还是有相当的规模的。特别是葡京，每天来此一试运气的人上万，这对于仅有四十多万人的澳门来说，其比例之大也是十分的惊人。当然，澳门本地以外的人可能更多些。听说，整个澳门的政府税收，七成来自赌场。澳门的人均GDP排在第40位，超过了欧洲许多国家。仅是赌场的抽头便使澳门人过上了十分富足的生活，其"大"也可想而知了。

也许因为小，也许因为处在海岛，澳门很清洁。清洁是一种精神。下雨后，鞋底与鞋底是差不太多。走上有雨水的街上，再走在饭店的地毯上，地毯也没有因此变脏。贴在地上的宣传画，几天以后还能清楚地辨别出原来的图案来。

富足、悠闲、清洁，使澳门人均寿命达到77岁。这又是袖珍澳门的不袖珍处了。人生如能这样地过一生，也是一种很好的方式。

在坦桑尼亚释兔

虎年最末的几天，我随文化部的中国访坦艺术团出访坦桑尼亚。1月30日，坦桑尼亚文化部副部长费内拉·穆坎加拉博士会见了我们。穆坎加拉高度赞誉了中坦友谊和中国对坦桑尼亚文化事业发展所做出的努力和给予的支持，她表示"欢乐春节"大型庆祝活动不仅为中坦艺术家提供了一个相互交流和学习的平台，而且把中坦文化交流推向了高潮，是中坦友谊的里程碑，并祝愿中坦友谊世代相传。会见中，穆坎加拉问我们代表团一个问题，为什么中国马上要来临的新年是兔年，兔子代表什么含义？

这个问题一下子把大家都问住了，大概在座的中国人谁都没有想过这个问题。在我们的脑子里，虎年之后是兔年是理所当然的，老祖宗就是这样定的，这里面不存在为什么，也没有什么因果关系。但这样的回答显然不够有"文化"——我们是文化部的代表团。刘昕生大使和文化部外联局参赞松雁群把这个问题推给了我。我脑子飞快转动，迅速编了一个理由。

我对坦桑尼亚的朋友介绍说，中国的第一个生肖是鼠，老鼠在中国是聪明、智慧的象征。第二个生肖是牛，老牛是辛劳、勤奋的代名词。第三个生肖是虎，老虎是勇敢、无畏的代表。中国人认为，一个人，或是一个民族、一个国家，只要他具备了聪慧、勤劳、勇猛的优点，幸福与快乐的生活就会来到他身边，而兔子就是幸福和快乐的象征。所以，在老鼠、老牛、老虎之后，快乐、幸福的兔子就自然而然地出现了。这就是今年是兔年的来历和兔子所代表的含意。

我又说，600年前，中国伟大的航海家郑和，率领当时世界上最大的船队来到坦桑尼亚，由此开启了中坦两国的海上沟通之路。40年前，中国在自己还很穷的年代，帮助贵国修建了坦赞铁路，由此开启了中坦两国的陆上沟通之路。现在，两国举行"欢乐春节——聚焦在非洲·坦桑过大年"活动，由此开启了中坦两国人民的心灵沟通之路。非洲人是我们的兄弟，我们是心心相连的，让我们在兔年一同感受幸福与快乐。

我的回答博得了中坦两国朋友的热烈掌声。中国朋友说，老鼠、老牛、老虎三老之后有一小——幸福的小兔子就这样在非洲登场了。以后，在非洲有关兔年来历和兔子含意的版本，就从这里传开了。

我想，这样的解释，中国人或许也能接受。

同乐米库米

中国人多，居住面积相对拥挤，野生动物也一样。它们在大自然中太容易遇上人，而人又很想逮住它们大快朵颐，故而它们躲得远远的，远得让我们实在难以见到它们的踪影。而在坦桑尼亚则不同，这里满世界都是野生动物，好像它们是主人，而人类则属寄居。也许，它们就是这块土地的主人。所以，人们来到这里，是躲在车笼子里的，而它们则自由自在地在这块土地上散着步，甚至跃上人类的车顶。

米库米是坦桑尼亚第四大国家公园，比起塞伦盖蒂草原来，规模与名声都相距甚远。但对我们来说，如此丰富的动物世界，已经足够开眼界的了。

车往米库米，天空湛蓝，大地黄绿。那种绿中的黄颜色绝不是土地的颜色，而是草类太多，枯黄时间不同所导致。同行的车上还有不少中国音乐学院的学生，一路上歌声不断。又因识见有限，由知识缺乏所产生的笑话与笑声也一路不断。一条灰色路，两旁青青草。穿红衣服的马赛人个高而瘦，走在路上像是移动划过的标杆。他们放养的牛羊，一如我们平时看到的那样，踱着步，"咩咩"地叫着，仿佛是生死轮回的念经。自然界就是这样——好像它们才是真正的悟道者。真正的悟道本来就是明白生，知道死。还没有到国家公园，已有不少羚羊一类的食草动物出现在道路两旁，轻盈的身体如纤细模特一般。还有一只硕大的野猪躺在地上，尸身完整，不像为猛兽所害，也没有人拣拾它，难道它是车祸的受害者？

车到国家公园门口，门口有两棵大树相围，形成一个自然的门洞。进得公园，路已成土路，我们改坐越野性能更好的吉普车，车上有一些必要的栏杆护围。事实上，从这个时候，我们成了动物们观看的对象了，电视里《动物世界》的一幕向我们展开了。

也许我们平时在电视里所见到的动物们的迁徙，需要季节的变更，那要用几个月、几年的时间来剪辑。对我们来此只看一眼的人来说，动物给我们展现的世界叫悠闲。我们看到狮子折到一个涵洞里，半天不出来。长颈鹿不紧不慢，如它的身材一样高傲。没有猎豹，瞪羚也不急不慢。角马没有边际地走着，但它们清楚，它们的方向是青草。斑马是这草原上最美丽的风景。食草类动物真是辛苦，它们好像永远在咀嚼，永远没有停歇的时候。即便是吃饱了喝足了，也睁大眼睛、竖起耳朵警惕着。小鸟倒是叫得很起劲儿，一般来说，地上再凶猛的食肉动物也难以成为它们的天敌。只可惜，天上还有鹰，而它们也终究是要在地上、树上休息的，但这同样挡不住它们的歌唱。

野牛与家牛完全不同，它的脾气坏得无法形容，全无一丝的温柔敦厚。我们与野牛相隔四五十米对望，导游告诉我们，不要远离吉普车，因为牛的视力不好，与吉普车在一起，它会觉得我们很庞大，不敢轻举妄动。如果单个出现，它就会因我们的弱小而向我们主动发起进攻。

河马是水中的国王，水是它的保护膜。在水里，它就变得无比的自信，那双小眼睛偷偷地看你一眼，又仿佛有些睥睨。我们毕竟不敢靠得太近，人若是太过分了，后果我们也是晓得的。虽然有拿枪的看护人员，但我们不会因我们的过失而使它们丧失了生命。如果弄不好，说不定我们丧失生命还在它们的前头，那更不值得了。所以，我们只是远远地看着。距离产生美，在这里完全成立。在中国，无论如何看不到这么多悠闲自在的野生动物。有的地方虽然有一些，但毕竟没有这里密集。有的地方虽然也多，但多是人类豢养的猴子一类的动物。也许只有在坦桑尼亚或是肯尼亚，你才能看到野生动物们就这样与你对视着，打量着彼此有多少善意。

兴奋紧张过后的心情是放松。我们到一个设在森林里的餐厅吃饭，餐厅如同吊脚楼，在离地约两层楼的高处，没有围墙，只有木栏，有一个顶篷，还有桌子，有点像是野炊，但飞虫却几乎没有。这与我们平时在电视里看到的虫蝇乱飞的情景大相径庭，什么原因我也不得而知，只觉得这里如同世外桃源。我忽然想，如果食肉食草的动物们闻到美味，蜂拥过来那会是怎样的一幅景象，我们会不会成为它们的盘中餐？后来也释怀了，食草的动物们，身边有茂盛的青草，食肉的动物们，身边有移动的肉食，它们才不会搭理我们这些又吃草又吃肉的人类呢。这样才好，我们与动物们各不相扰，自得其乐。

各不相扰，自得其乐，这样的世界是多么美好。

在迪拜机场洗澡

23 点从北京国际机场起飞，7 个小时后抵达迪拜。正是北京时间 6 点。由于迪拜与北京有 4 个小时的时差，所以迪拜的时间是夜里 2 点多，所见灯火一片。

转机到坦桑尼亚的达累斯萨拉姆，还要等 7 个小时，想睡倒是有床一样的椅子。但初来乍到，看着花一样的异国他乡，谁会去睡觉呢。逛商店吧，免税世界还是有点诱惑人的，东西也很便宜。只是平时在北京，早上起床后总要洗一个澡，况且，迪拜比北京热多了。但现在难以如愿，多少有些不适。好在迪拜机场里商店多，注意力很快就转移了。每个商店看下来，大有收获。从阿拉伯的饰品到瑞士手表、法国香水、香港金品、世界各国的烟酒，什么都有。看看走走，走走看看，再去吃一些点心，喝点茶，时间也就消耗得差不多了。点心不敢恭维，中国人总是以为中国的食品是天下一品，其他国家的食品总是逊色一筹。据说还有免费的早点。我想，收费食品尚且一般，免费的不会好到哪里去吧。

后来看见一个像厕所的地方，进去一看，却是洗澡间。机场还有洗澡间，这个发现让我大为高兴，也让我佩服迪拜人的设计思路，这真是人性化的设置。当时离登机时间已近，无法如愿。但我想好了，回来时一定要在迪拜机场洗个澡。

除夕，从达累斯萨拉姆回来。那天达累斯萨拉姆的天气大概有35度。上午去乌木市场买了几个乌木雕饰品，此行接待我们的潘小东副会长又送了我们许多菠萝汁。到了机场排队、打包、托运，出了一身的汗。飞机起飞5个小时后降落迪拜，我们一行人先去买了东西，女士买的多是香水和手表，男士买的是香烟和红酒。香烟自然是中国的好，中华烟43美元一条，5包装的熊猫42美元一条，比国内便宜一些。红酒买的是80美元一瓶的，不知道国内卖多少钱。

采购完毕，我找一个洗澡间，痛痛快快地冲了一个澡。虽然里面除了洗浴液外，什么也没有，但有洗澡间，有热水，这就足够了。洗澡连着洗漱，痛快淋漓，洗毕，人的精神为之一爽。顺便添加些衣服，在达累斯萨拉姆，气温是35度左右，北京是零下5度上下，迪拜气温正好居中。

我不知道国内的机场有没有洗澡间，我所去过的机场好像都没有，但我希望有。且不说国际转机，但就中国这么大，南北气温相差悬殊。如果有一个海南的旅客要到东北，在北京转机，在等待的过程中，冲一个澡，岂不痛快？在你需要的时候，别人替你想到了；在你认为还可做得更好时，人家做到周全了。这就是"以人为本"吧。如果等到北京、上海等一些国际机场真的有了洗澡间，旅客的感觉会更好一点。

歌声中的香格里拉

云南有翠而绿如翠，故未去怒江先有印象：怒江应如翡翠。美得华丽，绿得坚硬。

云南的民歌把中央电台的录音机吸引前来。云南的民歌如同云南的花儿一样，繁复多样。晚上抵达云南怒江州贡山县双拉乡。这里距丙中洛仅半小时路程。丙中洛在下察隅，被誉为人神共居的地方，神话般的故事已传说了近一个世纪，依然如谜一样吸引各地旅人。任务在身，终未成行。我们离人神共居的地方仅有半小时路程，结果我们终于没有能够成为半神。

在双拉乡我们采访怒族老人李汉良，他是个关注收集本民族文化的赤脚医生。简陋的屋中，酒在碗中烧，火在盆中烧，歌在胸中烧。酒、火、歌合作一处，一如怒族民歌，燃烧如火，在清凉的夜中，幽明而嘹亮，也穿透了我们的胸膛。采访出来，明月高悬如镜，秋虫唱得分外响亮。

过一天，采访和永祥，他家在半山腰，庭院甚是宽阔。池鱼戏水，鸡鸣鸭唱，菜地正绿，凉棚藤蔓舒展。还有一个会议室，竟可供百人坐，静坐此中如同半山中的半仙。女记者忍不住笑问他有几个儿子，如多可以留下来了。年轻人更向往外面的世界，弯绕的民歌难以拴住他们的脚步，民歌的传唱正在断断续续。高山刺云，群山相隔，西南民歌在半山，有点哀伤。

是夜，再去呀拉伊文化传播有限公司采访一个乐队组合。一个很有前途的三人团队，因其中一位的离开而伤感。我们的音乐节目主持人，甚是感慨。他们的音乐感觉不错，但折断翅膀需要时日疗伤。屋外，怒江涛声阵阵，月亮正明。与外宣办潘主任聊天，发现两个题材：一个是一位独龙江的医生，行走在中缅边境，为中国病人也为缅甸病人看病，被称为国际医生。还有一个是独龙山隧道的开挖，有了这条隧道，独龙族就能走出大山。我起了一个题目叫《一个民族的脐带》。同事采访完后，直呼成功。她们被感动了，小伙子们也流泪了。民歌在人们心中再次嘹亮。

八月十五，到上江乡新建村大南茂自然村去录节目，傈僳族老人和贵志联系了一些唱歌的老人，他们唱得很美，我们录得很成功。明月清江，两山相峙，情景交融，拟一联与朋友唱和："一水怒江洗明月，两山高碧起秋风。——在高黎贡山、碧罗雪山所夹怒江西岸，以秋风明月相寄。"歌声随怒江流转，让人不忍离去。我们再三赞叹怒江的美丽。贡山宣传部陈副部长是个怒族小伙子，他告诉我们，在傈僳语中香格里拉（傈僳语发音为香格列来）的意思就是：欢迎再来。

歌声中的香格里拉——欢迎再来。

小琉球浮潜

从屏东坐渡轮约半小时，就到了小琉球。小琉球在台湾岛的南方，相距约 15 公里，面积 6.8 平方公里，有居民 14000 多人。如同大陆，偏僻的地方人数在萎缩，这里实住人口也在减少，约为 8000 人。先前岛上没有淡水，后来当局从台湾本岛架设水管，解决了人们吃水的问题。加上两岸自由行开通，游人渐多，旅游业逐渐兴旺，近来人口呈回流现象。

小琉球是世界三大珊瑚岛之一。上得岛来，租上电动自行车，人便似鸟似的飞翔起来。岛上美景颇多，一路所见，印象深刻的是绿树、大海与庙宇。绿树是亚热带海岛的本色，也是鸟的家园。大海是岛的底色，岛永远不能离开海的衬托。而庙宇则是小琉球的特色，14000 多人的小岛，庙宇却有 140 来座。百人一庙，不可谓不多。也许是渔民为下海捕鱼求平安，同时又方便祈祷的缘故而修了这么多的庙宇。

相对于庙宇，最美的是大海。穿着拖鞋去赶海，海水清浅。那种颜色的海水，实在不是近海所能比拟，近乎坦桑蓝宝石。水中世界，变化万千。我眼笨，水中什么也看不见，而导游一会儿就从海中捞出一个东西，有水胆、海螺、小虾、贝类。有一种海胆叫马粪海胆，名字古怪，长相别致。海滩实是美妙，保持这种美妙是这里的规定：不带一块石走。

最著名的游览项目，大概可以称是浮潜了。浮潜是趴在水面看水底，人因有救生设施而不会下沉。珊瑚岛与一般的海岛不同，更富奇幻。海中的珊瑚，如同积木的世界。就在离岸很近的海中，海底也是高低错落，或仅两三米深，仿佛伸手已可探底；或是十来米深，沟壑纵横，如临深渊。

没入海面，世界顿时一变。水清如镜，能见度甚佳。海中如被人倒了染料一般，斑斓夺目，恰似大自然这个大画家刚刚洗了彩笔。游鱼如织，穿梭在身旁，尽情地戏耍人类。其实这正反映了人类对自然的关爱，如果不是人对自然的这般爱护，这些可爱的游鱼早就逃之夭夭了。巨龟如同圆桌，就在身下游过，仿佛伸手可摸。其实这三五米的距离，不是一个人仅靠自身的能力能够缩短的。

最美妙的是救生员在水底为我们每人照几张像，而且免费。我们各种形状都有，如同太平洋底来的水怪，难以看出潜水衣后面的真面目。我们自以为是幸福的水鬼，漂在海上。偶一抬头，阳光照射，大海生金，粼粼反照，熠熠有辉。轻风吹来，水面舞蹈。大自然对人类真是不薄，给我们展示了如此生动的画面。人类也得好好维护保存，把美景留给子孙。

坚守的阳关

中央电台做系列专题节目《我从香港来》，被题为《丝路使者王敏刚》的这集，是收尾的一集。

1995 年，刚刚担任第八届全国人大代表的香港人王敏刚，敏锐地嗅到了内地经济未来将向西部倾斜的气息，决定去敦煌考察。他万没想到这么大名气的敦煌，交通如此不方便。坐飞机从深圳到西安，从西安再坐火车到敦煌，需要四天才能到。

经过先后 15 次的考察，身临其境的感受加上对西部文化的喜爱，王敏刚斥资 1.5 亿元，用了 18 个月建起了敦煌山庄。山庄以沙砾为墙，形如古堡，同四周的景致合为一体。南与五色沙土遥遥相峙，北接茫茫大漠戈壁。但那时民众的财富不多，外出旅行的人很少，所以宾馆一直在惨淡中经营着。时间一长，有人劝王敏刚放弃，或是把宾馆转卖，另投他业，但他执意不肯。开发文化事业，是他心中的一个蓝图。王敏刚说，他想过当时肯定会亏，而且会持续很长一段时间，但是坚信它一定会好起来的。

我们前去采访时，王敏刚恰好不在敦煌。得知我们去，他专程从香港赶来。他介绍说，50 年后自己可能看不见，但现在做的这个建筑有一个文化价值在那里。每一个细节的元素，都是考究的。做事业的人需要专业地去经营，把机缘变为文化，保护好文化的内涵和原真，文化的价值就会不断地释放出来。

我想到自己于 2015 年年初，在徽州一处古村落的墙上，也曾看到王敏刚的名字。他的名字作为文化事业的传承者和保护者，已然光彩熠熠。

我们漫步在敦煌山庄，仿佛穿越回古代，有一种梦回汉唐的感觉。大殿中高耸矗立的汉代石柱、回廊间精心雕琢的飞天壁画、房间里古色古香的木桶躺椅、墙壁上原汁原味的泥土禾草。在这里，抬头能看见满天星斗，仿佛在诉说着历史变迁的百转千回；在这里，伸手能抚摸古今沧桑，仿佛记录着丝绸之路上的悲欢离合。

敦煌，是文化的烽燧。莫高窟，是东西文明的绿洲。它就像月牙泉，虽处沙地，却永不干涸。经过二十年的发展，山庄本身也已经成为一处著名的文化景观了。我们感到了文化的传承和坚守的力量。

回时，顺路游览阳关。阳关，西汉为玉门都尉府治所，北距疏勒河 7 公里，东南距芦草井子约 16 公里，距今天敦煌市 90 公里。昔日的阳关和玉门关，都地处河西走廊最西端，由戈壁、荒漠、河流、湖滩组成。戈壁滩上环顾四周，极目可见的地方，仅此一座遗址，孤兀矗立。遗址呈方形，夯土版筑，约 26 米见方，也被叫作小方盘城。不远处，隐约有水光，走去，发现是一个大大的盐泽滩，土地泥泞，深入不得。我沾指尝了一下，稍有点咸涩。据史书记载，远在汉朝，这里也曾水草丰茂，支撑了关隘的存在。如今，两千多年过去了，景致已变，阳关依旧。

此时，阳光直照，遗址半阴半阳，极是分明，残阳映衬，汉家陵阙。如此阳关，立马让人联想到它两千年的历史，联想到"坚守"两个字。阳关，两千年的坚守，屹立不倒，不输胡杨。相信再过两千年，阳关依旧。

我们久久盘桓，不愿离去。沉重的历史有如这方城，而这方城有如历史的印章，盖在我们的心头。秦时明月，汉时关隘，万里长征，黄沙百战，千年历史一幕幕翻过，而阳关在坚守。

我们告别阳关，车行渐远，太阳西沉，落日的霞光把影子拉得老长，再现"白日依山尽"的情境，我们停车拍照，把历史瞬间收入镜头。西望阳关，汉人凿空西域，站上葱岭，打通了丝绸之路，连接了世界，把我们裹进了历史，并站在前列。我们也要像先人一样，把新的历史注入其中。车上，我赋诗一首《度阳关》："残阳正照阳关红 / 不见羌笛怨秋风 / 极目安西千里外 / 魂牵峰燧守岭东。"

谒利玛窦墓

岳父生前家住北京市委党校的宿舍，利玛窦墓就坐落在车公庄大街的党校院中。那个地方公共汽车的站名叫三塔寺，据说先前有寺在此。不远处有家很著名的清真餐馆。我无数次地去过党校，沐着树荫，围着墓地，不知转过多少圈。墓东是党校礼堂，墓北是教学楼。墓墙外有大树，看样子有好几百年了。

利玛窦是意大利人，明万历十年（公元1582年）来华，万历二十九年到北京，1610年去世。死后神宗"与以陪臣礼葬阜成门外二里沟嘉兴观之右"。利玛窦以适应中国人的生活方式，以传授西方科学知识为布道手段，传着教，传着西方文明，同时把我国的科学文化成就介绍到欧洲，做着东西方文明的桥梁。中国最早版本的《几何原本》，就是他和徐光启合译的。

三塔寺东边一站叫车公庄，在这个先前的中国"庄"里，佛寺、基督教徒墓、党校、清真餐馆，还有更多的过着世俗生活的百姓，就这样和平共处着。中华文明的包容性，由此可见一般。

中华民族多是无神论者，但中国人口众多，所以信教的总人数也相当可观。中国有宗教，无国教，土生土长的道教也没能成为国教。绝大多数中国人不信宗教，有的即便信了，也不见得有对待祖先一样的虔诚来对待宗教。但中国人对待宗教的心胸又是天下最为宽容的，极少有异教徒之间的互不相容。所以，几乎什么宗教都可在中国生存，并且可以在同一个地方同时生存。只要互不干涉，相安无事，党校里的传教士们也可以安稳地沉睡着。

中国人把"忠仁孝"放在极高的位置上，对国忠，对人仁，对祖孝。我们善于与各式人等共生存。所以，所谓文明的碰撞，在中国不如说是文明的交融。只要不存排他心，道教、佛教、基督教、伊斯兰教，都有立足的丰厚土壤。也许正是有各种文明的交融，才使得中华民族如此的强大，如此的包容。

信仰和谐相处，才有最美丽的中国。

天池遇雪

天意从来高难问。天池的天，同样不可捉摸。

2016 年 8 月，中央人民广播电台港澳听众联谊会去延边调研。港澳听众来到朝鲜族聚居区，兴奋莫名，客串记者，有无数问题相问。同攀长白山，又是一喜。发车时，天清气爽，大家都很高兴，一切都是好迹象。但也略有担心，听说有位领导，来此三次，未见天池真容，可见天意难测。车到山脚，已有坏消息传来：山上有雨。但我们仍然抱着会有好运气的想法，继续前行。车到半山，已见有雨，停歇观光。半山的工作人员都穿着棉大衣，而我们都着衬衫。待要上车进行最后一段路程时，正式被告知：山上雨大，不能前行。何时能前行，等待通知。我们只好在商店和附近坐坐、看看、逛逛、喝喝。山上的空间毕竟有限，而商店更是狭小，雨又在不停地下，终于等得心烦。欲折程回返时，得到通知：可以出发。

真是天意难料！等车到山顶，未下车，雨又复下。而此时，海拔已升数百米，人冷得有点哆嗦。等了不少时间，雨未有稍减的样子。打算折程回返，总是心有不甘：既已上得山顶，总要一探究竟。于是冒雨上行。低质量的雨衣，早已破损。而鞋套，已坏成累赘。愈往上，雨愈大，而且还夹着冰雹。上到山顶，能见度不到十米，图上所见过的天池，没有一丝踪影。胡乱凑近"天池"石碑照了一个形象模糊的照片，大口喘几口气，便下山来。下行更是不顺，又遇大风，人都有飞起来的感觉。

穿着衬衫，外裹雨衣，而身边劲风吹动，雨雹纷飞，空气在0摄氏度以下，冻得我们嘴唇发紫。我们四人相互换行，弯腰弓身，降低高度，以防被风刮倒，低头耸肩地慢慢前行。稍抬头，前面遇上一个香港女学生也在弯腰弓行。单薄瘦弱的人，一副要被吹倒的样子。看到我们，一把拉住。而此处道路狭窄，只能并行四人。我们只好分行，前面三人，后面两人，一步一步地挪回到停车处。

上得车来，我们还在抖个不停。回宾馆的路上，人们还未从寒冷中回暖，无人讲话。晚餐时，那个拉着我的学生，前来敬茶，并赠我姜糖。我们举杯，相庆这难忘的一行。

"高山流水"黔东南

直播《城市新跨越》，进入贵州黔东南苗族侗族自治州。采访小队前往雷山县，到朗德上寨，刚到寨门，便被拦住。在这里进寨门，得按苗家礼俗喝拦路酒。一牛角酒，量并不大，但浓郁的民族气氛却一下子上来了，豪情顿生。

沿街走到镇中央，是一个较为空旷的场地。我们来得正是时候，稍歇，演出就开始了。

苗家女子清秀，如同江南女子。小小的个子，音量却大，清啸激越。而她们的歌喉，却可连着唱上半天，也没有涩阻之感。这些普通农家儿女的歌舞，自然而有野情趣，纯朴而有真性情，演出令人目不暇接。中途突生一个项目，他们找了一个名目，找出几个观众，又要喝酒。观众也极是配合，引起大家一阵笑声。我也荣幸被选中，又喝了一大牛角的酒。这般喝酒实在是人生得意，快意人生。

再到西江苗寨，这里是世界上最大的苗寨，据说有千户。这里有独特的千人宴。一排的长凳、方桌，摆放在街上，一眼望不到边。很想就此坐下，喝它个痛快。但我们已有安排，只得放弃。采访完毕，去一饭店吃饭，顺便采访饮食方面的民俗，主人却要请我们先喝当地负有盛名的"高山流水"。所谓"高山流水"，是一种喝酒的方法，他们让客人端上一个颇大的酒碗喝酒，敬酒的姑娘们在上面用壶往碗里不停地倒酒，壶里酒没有了，还可以换一只酒壶继续倒，而碗里是不会空着的。这个酒就没有喝完的时候了，什么时候喝完，得看她们的心情。一般人总得喝它个二三两酒，甚至半斤以上。陪同我们的周站长，酒量颇大，声称曾喝过三四斤。好在这酒度数不太高，不然，酒从高高的壶里注下，没有多长时间，人就坚持不住了。这"高山"上流下来的酒，我一气喝下来，大概在半斤以上了，脸色已绯红。好在度数不太高，不然，要当场倒在桌上了。

苗族少女大方得很，看我们很配合，她们的演唱也格外卖力。那歌声在我微醉的脑袋里回响，实在动听，确有余音绕梁之感。

歌随怒江唱

路仅一条，沿着怒江东西两岸，一直向北。江水青碧，似有锋芒，从北往南，甚为湍急，山岩都被它剖开，一路上听得到它的敲击声，欢唱如歌。青草摇曳，和着怒江的节拍。我们时时停下车来，坠下录音设备，拣拾那美妙的歌声，和水流敲击岸石发出的鼓声。

山陡峭，地青蓝，江远看成线，近听如鼓。一路的美景滑窗而过，一路的美景看不完。云南是花的世界，茶的家乡，歌的海洋。这里是个宝地，什么好东西都有，而且是那么的丰富。难怪有这么多人喜爱云南，仅它文化的丰富，足以让我们沉醉。车停六库，山间的一个小镇，这里是怒江州府，也是泸水县府。此处有十多个少数民族。语言不同，着装不同，旋律也不同，不同民族有不同的建筑，也有不同的歌声。有时，我们会感谢山深路远，才保存了如此多样的文化，也感谢上苍的厚爱，把歌的种子洒在这里。怒江在这里的水面颇是宽阔，一座大桥连接两岸，也把心连接在了一起。

次日，我们先往北直到贡山，夜抵双拉乡。据说，这里再往北三十多公里就是丙中洛，那里是人神共居的地方，景色绝美。惜乎天色已晚，我们无法放下手中的工作，只能留下遗憾和想象。我们到怒族老人李汉良家，屋子建在山坡上，虽是简陋，但颇多田园风光，几畦菜地，种类不一，藤蔓绕树，花朵随意，是个世外隐居的佳处。进得屋去，火在盆中，酒在碗中，歌在胸中。相聊没多久，酒、火合作一处，歌便冲破喉咙，飞空而出。怒族民歌，燃烧如火，在清凉的夜中，幽明而嘹亮，也穿透了我们的胸膛。李汉良是个关注收集本民族文化的赤脚医生，医病也医心，同时尽力收集着、治愈着民歌失散的心病。在座也有一些其他文化爱好者，说起民族文化的式微，颇是伤感。但我以为，只要有旋律，民族依然流传在人们的心中。

驱车折回福贡，夜色尤美，怒江清唱，没有一丝杂音。技术人员不禁数度为怒江的歌喉折服，从山坡下去，录下美妙的声音。而我一人独自前行，如一只孤独的走兽，潜行在群山之中。漫漫的长路，空无一人，只有怒江最忠诚，一路伴随，一路歌唱。八月高原的夜，寂寥宁静，而歌声时起。山越是深，歌越是浓，夜越是深，萤火虫越是明。有了歌声，整个世界便都沉静了下来，倾听那美妙的声音。人生的悲欢离合，都归入山中，化解江中，无影无踪。

在中国很少有其他地方，有如此众多的民族和谐共处，聚居一起。他们的歌声如同八音盒，个个不同，又各有妙处。泸水县上江乡新建村大南茂自然村怒江旁边，夜晚山高路深，星火点点，一些唱歌的傈僳族老人应邀前来。他们唱得很自然、很优美，唱歌是他们最大的幸福。许多人集中在一起唱，感觉如同专业歌手合唱，但他们却是地地道道的农民。他们的歌声嘹亮，像是要划破群山的阻隔。我们虽然听不明白意思，但能感受到他们的愉悦之情。歌是他们的语言，也是他们的生活。

但老人们也有遗憾，年轻一代，喜欢民歌的已不太多，也许这不能给他们带来优裕的生活。其实也不尽然，当地唱歌的年轻人渐渐地多了起来，只是他们在唱民歌的同时，也喜欢流行音乐。他们从事各种工作，但唱歌是他们的生命。莽莽草原的歌声悠长，北方旷野的歌调悲凉。而怒江的歌，如同他们身上的砍刀，随身携带，出门上山，就得挥舞破除荆条。有些人家住在半山腰，家里的水塘，也连接着屋外的山泉，整天有自然的歌唱。我感叹这里的歌声不绝如怒江水，自然地流淌，禁不住在黑板上写下几个字：语言静止的地方歌声便响起。

走出门去，凝视着身边，高黎贡山、碧罗雪山对立在怒江两岸，像两块琴板绑定着怒江，怒江则像是琴弦，在大自然的拨弄下，唱着天籁的歌。歌声或嘹亮，或婉转，像是鸟穿云的歌喉，又像山蜿蜒的鸣唱。两山托着一轮明月，如同一颗珍珠闪耀。真得感谢中华大地上生活着如此众多的民族，有如此不同的歌声，让我们感到多样的文化。

酒后放歌

　　我对"饱吹饿唱"不太以为然。吹与唱都是吐气的过程，为何吹需饱而唱要饿？无论唱与跳都要酒，这点我倒是有切身体会的。

　　1988年到内蒙古去，在希拉穆伦草原，哈素海。海是当地人的叫法，一个较大的湖泊都可称作海。当地的习惯，在招待客人吃饭时，主人客人都要喝酒，喝后每人都要唱歌。本来我们稍有拘束，但在酒劲的推力下，也就放开了歌喉，跟着蒙古族青年一起大唱特唱起来，拦都拦不住。期间还有蒙古族小伙的伴舞，多是鹰舞、马舞一类十分阳刚的舞蹈。酒力大，歌声响，四肢动，后来我们也跟着跳，载歌载舞。再后来就倒在希拉穆伦草原上，沉沉地睡去，任凭那凉风习习地吹。在梦里，也仿佛听得见月亮把银光铺洒在大地的声音。不知何时，看见湖水在月下泛着粼粼的光，那已是酒后醒来时的情景，湖光月色皆朦胧，那是真正的草原月色。

　　在内蒙古牧区，点灯靠油，娱乐靠酒。酒是火，歌是水，酒后放歌，正是水火交融的时刻，非唱不可。唯有唱，心中的情感才能宣泄出来。有些人，不像是在唱歌，而像是在哭泣。哭是流血的唱。草原上，酒后放歌，正是人天合一，水火交融，泪血一体。

夜郎确实可自大

直播完《六盘水》，去牂牁江游览。

这么一条大江，先前居然一点也不知道。我在自叹孤陋寡闻的同时，也在感叹它的藏在深山人不识。

贵州"地无三分平"，不到此地没有感觉，来了以后才领教了这里的地势高低不平。山不大，全是馒头式的，一个一个相连。车行路上，转山不已。

车行半路，同行的国际台两位50多岁的同志，就想下车。一个已经吐得厉害，一个也是连连作呕。我平时也不晕车，车行两小时后，也难受得不行。幸好中途在一小镇休息，不然也坚持不到目的地了。

到牂牁江，连连感叹，澄江似练，难怪贵州出好酒。在船上，有当地的苗族、侗族、布依族为我们歌舞。

听说这里就是古夜郎国。"夜郎自大"已是一个十分著名的成语和典故，听人介绍，汉朝时，几乎半个贵州都在夜郎国的管辖下，它竟也有十几、二十来万平方公里的土地，比今天的江苏或是浙江大了不少，所以夜郎国确可自大。惜乎它在大汉王朝的旁边，与大汉相比，无论人口、国土、实力，夜郎就只能算是一个小的地方了。

在船上，有几个外国人：泰国人、阿尔巴尼亚人、斯里兰卡人。聊着聊着，有了一个发现。以前一直听说，傣族语言与泰国有相通之处。但船上的苗族同胞说，他们的语言与日本人有相通之处，特点是两者之间生活用品的语言，约有五分之一的读音相近。船上有人会日语，有人懂苗语，一说起来，确是有点相近。

以前有一种说法，说日本人是古时从中国的西南迁徙过去的。相当部分的物品读音相近，这算是一个有力的证据。如果日本人真是从中国西南迁徙过去的，那么日本人可能是夜郎国的后人吧。日本人在我们的心目中也有点自大。

恩施大峡谷

去年陪同港澳媒体自驾行，来到鄂西。行看祖国的大好河山，采访中西部的巨大变化。武当山、神农架、大九湖、链子溪，一路无数美景，多个乡镇深处，让他们感叹：不深入到内陆腹地，这等奇景，这种变化，这样既原始丰富又与时俱进的经济文化，实在不易感受得到。

行到恩施，景色更是不同。恩施的山如同被大刀辟过，壁立千仞，景色绝佳，恩施大峡谷更是被誉为与美国科罗拉多大峡谷难分伯仲的风景。只是恩施大峡谷开发稍晚，不为世人所知。今人在绝壁上明修栈道，形成了人在绝壁外行走的一道绝美的风景。这条大峡谷的栈道竟长达八千多米，这在整个中国也无第二处。一路走去，高高低低，勾人心弦，不变的是身外的万丈深渊。从栈道上向外望去，远山起伏，青葱无边。垂眼低看，茶园整齐，庄稼摇曳。低头向下，则有心惊肉跳之感。如果换上玻璃栈道，估计敢走的人就没有多少了。近峰巍峻，有的山峰如同张家界的景致，瘦瘦的几条就这样竖立着，高达数十米，让人感叹自然的伟力就是这么神奇。我们用无人机拍摄的小片，把我们过去无法看到的镜头，呈现给了受众，立时受到了追捧。而在以前，这大山绝壁却是人们向往幸福生活的巨大阻隔。道路不通，山货难出，绝美的景色成了一个累赘。自从打通了路，人们的观念也通了，而当地的土特产也成了人们喜爱的货物，人们向往幸福生活的路变得通畅无比。

几处望长江

长江是中华民族的脐带，它养育了我们中国人。

与长江最初的会面就是"惊骇"二字，我曾以为当时所见就是长江的全部面目。

上世纪 70 年代在读中学的时候，几度到浦东川沙参加学农、学军劳动，住的地方离长江不远。干活之余，有时间我们就到长江口去戏水。那只能叫戏水，不能叫游泳。因为到了江边，往里走上几百米，水也不过到膝盖，最多到腰部，基本上游不起来。再往江中走，心里就害怕了，毕竟离岸太远了。那个江景，真叫水天一色，根本看不到边。也许这里已经不能称之为长江了，那是长江与东海的相连处，直让人以为河的那边就是世界的尽头。

但大自然就是魔术师，而长江就是一根魔术棒，变化得令人瞠目结舌。

1985 年的冬季，到攀钢采访。攀枝花在我上小学的时候，地图上还标着"渡口"两个字，说明它以前是个渡口。后来因为在这里建设了攀钢，才改叫攀枝花。那是在三条山沟里建成的城市。晚上看，灯火的层次感很是分明，真有重庆的感觉。

　　有一天，闲来无事，一个人跑到长江边看看，我没有想到，长江居然只有这么窄。我不知道它有没有黄浦江的四分之一宽，目测宽度不到100米。怪不得离它较近的虎跳峡，最窄的地方只有30米，传说老虎都可以跳过去呢。那个水量，哪有半点浩浩汤汤的影子，也就是江南一条中等河流的模样。

　　1989年到中堡岛游览，中堡岛即现在建设三峡大坝的地方。那个地方也窄得很，对岸江景如在目前，全然没有现在壮阔的感觉。听说就是因为窄，且地底下是坚固的岩石，才被选作坝址。那个地方现在已不复存在，成为永远的记忆了。如今三峡大坝的上游，水位抬升，江面开阔，气势不凡。

　　到长江的最上游是11年前的事了。1998年，我们一行人从格尔木开车到拉萨，沿路风光独特，天地辽阔，地仿佛很远，而天就在头上。中途路过一条河，陪同的朋友说，这就是沱沱河。这也叫河？还是沱沱河？我越过它的时候根本没有注意到它。一层薄薄的水贴在地面，感觉水深也就是到脚脖子吧，最深不过小腿处。宽度也说不上来，因它河当中时有沙石露在外面，把河道割成条条网状，我看最多也就几十米吧。沱沱河是通天河的上游，但它一点也没有西游记里描写的那样，要老乌龟驮着才能过河。

　　这就是上游的长江，细小到毫不起眼，细小到你趟过了它之后浑然不觉。一条世界第三大河的两头，一头那么细小，一头那么浩瀚，变化那么大。你无法把它们连在一起，但又必须把它们连在一起。长江，就是靠着这样一处处贴着地面的水，汇成了汪洋般的大河，又渗透在我们的毛细血管中，哺育了我们。

第八章

乐在其他

我的起名法

断断续续一直有一些朋友要我给他们的孩子起名，起的多了，慢慢地总结出一些道道来。我概括为"起名六要素"。

一是名有出典。有出典显得有学问、雅致，还能显出家长在给孩子起名时的重视程度。二是音韵优美。声调要有抑扬顿挫，开口音、闭口音搭配合适，听起来悦耳。因为名字是陪伴一生的音符，轻视不得。三是数理平衡。有朋友叫宋友权，我以为名字不错，"友权"谐"有权"，"有权"不是坏事情。但他说不太好，因为三个字末笔都是捺，仿佛站在一起的三人同时向一个方向伸腿，身体多少有些倾斜——形不正。如此"有权"很危险，但我以为这同时也给自己提了醒，使自己不要犯错误。四是姓名相连。白如冰、张若虚就属于此类。如果姓氏那个字只作姓用，这可以忽略不计。五是构词独特。领异标新要独树一帜。我曾以"岚千"为人起名，语出"夕岚千万重"。如此构造颇独特，故重名也少。六忌丑谐音。这个人人知道，但稍不注意，像"覃寿生"之类的名字也会出现的。好好一个"寿生"，与那个姓的读音连在一起就不动听了。

近来，一则"《规范汉字表》即将出炉"的消息引起社会极大关注。有关专家称，该字表一经公布，我国新生儿的取名用字必须从中选取，乱取名、取怪名的现象将得到遏制。对此，有赞成、反对各种意见。我个人以为，起名应注意三点。

一要限制。我曾经的一位同事，姓张，名字取了一个字，是四个日（上下左右各叠两个日）的那个字。我虽然是读中文的，初见这个字也只好承认不认识，听他自己说是个"华"字异体字。没有电脑时，大家用手写字，也不感觉到什么，反正是抄一下。但他刊登文章，问题就会出现，字库里没有这个字。使用电脑后，便嫌这个名字烦，写到这个字，就要空出一格来，打印后，还要用手补写上。我们生气时就叫他"张四日"，听起来像是"脏死了"。我以为，这个名字确是"脏死了"。联想起前不久姓名事件中的那个"赵C"来，乍一看，我还真不敢开口，这个C是英语之C？还是拼音之C？如果是英语，现在年轻人认识的还比较多。如果是拼音，那就不敢"造次"也要"造次"了。如果他自己说，这个名字就叫"赵左括号"，那我们真就随着他这么叫了不成？如果这个名字可用，那以后有人起一个其他文字的名字，比如西夏文名字，比如波斯文名字，那我们怎么念呢？难道我们还必须懂得这么多的文字不成？所以限制是必须的，因为没有什么是无限制的。

二要放开。放开才有生活的乐趣。这个放开，就是在现在通行的字典里可用的字都可用，不必去限制它。这是每个人的自由，也是每个人的权利。当然这种自由与权利也是要受限制的，如果你起一个"吴要杀某人"，恐怕不可以，起"倪要当总统"，可能也不成。中国人太多，单名太多，现在的家长们在取名上似乎推敲不够，姓氏又少，所以重名多得比一个小国的人口还多。多一些汉字，可以弥补一些这方面的缺憾，而且可以让自己个性得到适度的张扬。如果说生活中存在困难，那我们更要考虑的是解决电脑里字库问题，而不是限制。解决电脑的问题是容易的，保留文化的传统更重要。

三要规范。凡事都要有规范，但这个规范不是《规范汉字表》的规范。有简体字的，繁体字不可用，有异体字的，只能用规范的那个字。鲁迅小说《孔乙己》中写的"茴"有四种写法，现在如有人要以这个字取名字，恐怕只能用规范的那个字了。另外，自己造的字不能用。

中国人认识五千字的，已经算是很识字了，认识八千字的，更少了。如果起一个名字非要弄得大家都不认识，我看于人于己都不爽。如果嫌重名太多，取四个字的姓名倒是个办法。我女儿出生时，因为夫人姓李，我曾想给女儿取名"诸李皆红"，或是"诸李皆青""诸李皆白"，我以为意思很不错，重名估计也不会有几个。后来因为从欧阳炯的作品里看到一句诗"画桥依约垂杨外"，才截取"桥依"两字，取了姓名"诸桥依"。基本符合我自己的起名六要素，还多了一要素"中西结合"。人在旅途，难免一时山穷水尽，如果此时有诸多桥梁皆可凭依，柳暗花明，不失为人生一大幸事！

取一个不认识的名字，麻烦肯定会留给别人，更留给自己。人家买张机票一分钟，你说不定得半天了。要是买的当天票，等你赶到机场，飞机早已从目的地开始返航了。人生要做的事情太多太多，有必要在这上面花费这么多的时间吗？我们又不能活两百岁。

陪女儿考试蛮吃力

又快到高考的时候了。高考是人生的独木桥，闯过去，天地开阔，再行走就相对平缓；闯不过，人生的路也不见得狭窄，但多多少少会绕一些弯路。

我自己在上大学时没有什么压力，因为我父母根本不希望我上大学。在他们看来，上个中专，毕业后留在上海找个工作就很好。家长对自己的孩子仅希望如此这般的现在是很少见的。反倒是我自己要跟自己较劲儿，非要上大学不可。

一晃三十年过去了。回头再看许多事，恍如隔世。

去年我孩子上大学时，自己经历了一次这种感受。

我以为自己的教育还是蛮得法的，孩子总体来说是独立的。上课自己去，每天来回近二十公里；看病自己去，当然是小病，大病走不动；上家教自己去，路程比上学还远。现在最累的是学生，特别是高三的学生。平时我可以这样放手，到了高三时，家长还是要为孩子的高考做点事的，不然就体现不出责任感了。

我与妻子做的是：家教伺候。如果孩子不是最优秀的，家教还是需要的。点拨总比不点拨要强一些。现在许多题目教授都做不出来，你也不知道老师都是怎么判卷的。花钱买个明白吧。老师要找名校的高三老师，最好是市重点的特级或高级老师。这不好找，他们是稀缺资源。不好找也得找啊。两节课600元？没问题！车子伺候。孩子每天6点不到起床，晚上12点以后睡觉。早上路况尚可，回来时正是堵车的时候，常常需要一个半小时，有时坐在公共汽车上就睡着了。最后半年，妻子就把接孩子的任务承担了。坐在小车上睡，总比坐在公共汽车上睡要好。看病伺候。压力大了，病就多了，家长也就不放心了，一旦看病，要陪着去。教材伺候。我很惊诧现在的辅导书有这么多。现在女儿仅教材一类的"藏书"就有两百来本了。当年我是一本也没有的，最多是些油印的材料。

我的作业也不少。一模二模的分数下来了，要作排名分析。区里排名多少位可上一本，孩子能不能上，能上什么学，把握有多大，专业学什么，学校在北京还是在外地。如考外地学校，学校大致应在什么方位。中途有无出国的可能，出国算什么学历。你要走访一下相关学校，了解情况。一般学校也没有义务接待这种来访，你还得动用各种社会关系。填写志愿是学问，许多人就因一分之差，就从一本落到二本。如果在填报志愿时，考虑得更充分一些，就可能避免这种现象。

这工作本身就是考试啊！只不过没有人给我打分而已，但未来的生活说不定是会给家长打分的。有时自己也感到好笑，孩子比较独立，我的安排她并不十分认可，特别是在学什么专业上。设计好了，还得由分数说了算。尊重孩子吧，我把辅助的工作做好就可以了，但必要的道理与分析还是要跟她讲清楚的。

　　最后孩子考上了苏州大学，苏州是我外公生活过的地方，苏州大学也是我任兼职教授的学校。自从内侄上了清华以后，我颇希望孩子能上北大。不是我的北大情结，而是因为我和我的亲戚中，有复旦、交大、清华的，就是缺一个北大的。如果能上北大，那么北京和上海四所最好的大学里各有一人就读，到时开展南北四校交流，真是一件乐事啊。虽然不能如愿，但我已是很满足了。京沪是大都会，我们已经沾了边了。苏杭是天堂，在天堂里，每个人都是幸福的。一旦感到幸福了，所有的吃力都成了美好的记忆。

今天总会过去

　　记得第一次上手术台，因对那手术刀下的苦痛从无体验过，心中不免有点担心，加上由想象而产生的恐惧，所以心中时不时会想着"手术"这个词，蹦出"苦痛"的字眼来。当然我并不十分担心，毕竟绝大多数的人都能从手术台上安全地下来。

　　手术的过程还是不舒服的，手脚长时间不能动，粗大的针头从脖子上扎进去，浑身上下要吊补血的、消炎的等不少的瓶子，但我能扛过去。手术是半麻，我脑子很清醒，还与医生开着玩笑。医生从我脖子里掏东西的时候，我有点气闷，有点难受，得屏住气。这个时候我就不说话了，但心理活动却没有停止过，我一直在劝慰自己："今天总会过去。"我们现在的生活称得上是度年如日，这是幸福生活的象征。欢乐的日子总是"快"的，所以"乐"总是与"快"结合在一起。苦痛再怎么慢，再怎么折磨人，也不可怕，因为"今天总会过去"。

　　前不久我在《读者》上读到一篇文章，题目叫《这也会消失》，说的是一个皇帝对人生失去了信心和目标，后来梦见一位仙人，给了他一个指环，上面有一句话，悲哀的时候看见它，便感到快乐，因而有活下去的勇气；在快乐的时候看见它，为避免感受悲哀，因而自制不使过分。皇帝要他手下的哲人们为他找回这句话。那些哲人们想了三天三夜，终于想出了那句话："这也会消失。"

我看到这句话立即就想到了我在手术台上默念的"今天总会过去"那句话来，当时这句话可是我的精神支柱呢。现在看到了《这也会消失》，又有了更多的感受。苦难的日子是会过去的，快乐的日子又何尝不是呢，也许快乐的日子会消失得更快一些。我有时安慰自己，我已经蛮努力了，而且也坚持数年了，似乎可以休息一下了。可是，仙人已经告诉我等凡人，"这也会消失"。时间并不会因为你休息而停表，生命每时每刻都在折旧。人生没有五百年。"今天总会过去"与"这也会消失"一样，劝导我乐观，提醒我自制，催促我努力。既然生命无法存储，那就没有必要停下脚步。我们游览周围的风景时，可以放慢步子，但不要停步。"不怕慢，就怕站。"一旦站下，我们就可能永远无法欣赏到前方的无限风光了。我们欣赏身边的美人时，最好能够携手同进，这样我们就什么也不耽误了。"今天总会过去"就变成了"明天依然生动"。

但明天的"今天总会过去"。

无物可买

全国去过的地方可算是不少了，除了台湾。但盘算下来，在各地买的旅游商品真是不多。所到之处，基本上是无物可买。仔细想想，大概有几个方面的原因。

年轻时无钱。刚工作时，囊中羞涩，出差的机会也不多。没机会见识，加上没有钱，家里当然也就没有各地的小玩意儿了。工作十多年后，有了点小钱，也有了机会，但买的东西依然不多。那个原因就不在我了，而在于商品无特色，质量差。

中国旅游点的商品，大多面目相同，富有地方特色的不多。海边有贝壳，内地也有贝壳，有的地方似乎还有人造贝壳。庙宇多念珠，红色旅游地也多，好像什么旅游点都有念珠，以至于地不分南北，人不分男女，人腕一串。至于那些没有一点特点的塑料制品，更是充斥市场，让人生厌到不再生厌为止。

另一个原因是质量太差。陕西小兵马俑的模样不错，但用料太差，看上去像是在地上拣的什么碎砖头。谁要这种东西呢？我曾在喀什买过一把卖家自称产地为英吉萨的小刀，号称削铁如泥。拿到宾馆试了一下，一下子就卷了刃了。我也一下子没有了兴致，带回去吧，已经是残缺品，扔掉吧又不舍得。在满洲里，俄罗斯的军刀太笨重了，它给人的感觉是，用它来砸人比用它来削物更能发挥作用。什么时候我们的产品能够做得像瑞士军刀一样，那就太好了，那才是令人爱不释手的艺术品，价格也不贵。

还有一个原因是不便携带。曾在湖北弄了一块菊花石，提着太沉，上飞机时就托运了。到了北京，断为两截。以后，凡是要托运且易碎裂的东西，都不在购买之列。

自上从了岁数以后，就开始返璞归真了，一般无特点的小玩意儿都不能吸引我，买东西就找最实际的买。到宜兴，资源越来越稀缺的紫砂壶要一个，这是实用品，也是艺术品。去一次，买一个。在大理，放云子的大理石罐子要淘两个，它与云子是天生的一对。而价格，最便宜的只要十多块钱一只。在香港，什么也不买，只买夫人要我带的东西。如果有需要的且价格比内地便宜许多的东西，那当然也是可以下手的。在深圳华强北，买个山寨机玩玩，玩一天就搁置在一边也没有什么遗憾的，一则它毕竟是部手机，想用时还可用，样子也很好看；二来它实在是便宜，功能又实在是多。

我曾在墨西哥买了一些树皮画，这种树国内不知道有没有。用矿物颜料画的画经年累月不褪色，很好保存，而且每张画只用一百元人民币。这礼物带回来，配个框送人，很珍稀，人多喜欢。

借钱等于失去朋友

曾经见到这么一个故事，有人向钱钟书借 3000 元钱，钱钟书折一半，送给了借钱人 1500 元。有人笑钱钟书迂，我并不同意这种观点。钱钟书说过，他姓了一辈子的钱，钱不钱的他并不在乎。也许钱钟书在这方面真有他的独到之处：他认为这样做是天经地义的；他不想把借钱的事记在心上；他不想因此事产生其他相关的事情；或许，他不想把这件事当作一件事来对待。

我看到这个故事晚了一点，没有能很好地实践并体会一下其中的味道。早在 1993 年，有朋友向我借了两三万元钱做生意。现在这点钱在一线城市只能买半平方米房子，但在当时，这是我五年多工资的总和。朋友生意不成功，钱打了水漂。要钱，没有；有命，我不要。我当然是有教训的，对人对自己都有。朋友不还钱，是他的人品有问题。我自己不能察人，是我对人的判断力有问题。那个朋友住在我二舅儿子的隔壁，现在偶然还会相见。我知道他穷，难以还债。所以我也不提及此事，但也没有放弃权利。我心里明白，朋友是难做了，见面也会说几句话，但基本没有什么往来了。

　　几年前，一个很早就认识的朋友向我借钱。这个时候我已经看到钱钟书的故事了，并有了上回的教训。说心里话，我当时很想学钱钟书，折半送他。钱钟书是我高山仰止的大前辈，我不敢随便模仿，我还是把钱借给了朋友，因为我不负人。朋友说是借一年，结果六年未还。那笔钱数目不大，我并不在意。只是现在回上海，有点不好意思打电话给他了，怕他以为我向他要钱。这么多年来，竟不得聚会一次。本来，休假回上海，和老朋友在一起吃吃饭是很正常的，其实那笔钱现在两三顿饭也就吃掉了，可竟因此不好相见了。与我而言，借钱给了人，就不好意思与人相见了。

　　我现在知道钱钟书的睿智与可爱了。也许，他早就知道，借钱会出现许多不必要出现的事情。一件事情当场了结，是最好的方法。有此体会，我现在一般不借钱给别人，也不向别人借钱，因为别人或许也有与我相同的经历和感受。但朋友有难，不伸手支援一把也不符合我做人的准则。所以，钱钟书折半送钱倒是可以学习的。折不了半，折三分之一或五分之一也可以，前提是送的这个数目自己承受得起。

　　借钱，本来会使借与被借的两个人的关系多了某种牵连，这种牵连会使人与人之间的关系更加密切。奇怪的是，世上因这种牵连而失掉友情的反而不是少数。看来借钱这件事，不管是借钱给人还是向人借钱，都可能意味着失去朋友。

经济学家的失算

两种不同的观点而都能得诺贝尔奖，在这个世上只有经济学。所以经济学有点像是狗皮膏药，包治百病。但经济学家也有失算的时候，而且会输得惨不忍睹。

有个关于经济学家的笑话：经济学家与物理学家在林中散步，突然碰到一头大黑熊。经济学家见状，面无人色，扭头就跑。物理学家说："你别跑了，我们跑不过黑熊的！"经济学家一边狂奔，一边回头说："我虽然跑不过黑熊，但我跑得过你！"

经济学家不知道，熊有个特点，相对于静止的东西，它更喜欢追逐移动的目标。经济学家自以为是想跑赢物理学家，不料反而使自己成为熊捕猎的目标。

经济学家在这场生死游戏中失算了，输得血本无归，生命无归。物理学家虽然赢了，但他赢得不明不白，也不是我们可以效仿的榜样。

也许在这样的生死游戏中，生物学家才会成为真正的赢家，他们了解动物的本性，也知道动物世界的游戏规则。只有熟知，才能不败。连股神巴菲特都说，他从不进入自己不熟悉的领域。

人虽然也是"生物",但他们不是"生的物",而是熟得不能再熟的"熟的生物"。他们心中各种杂念的冒升,恶招的使用,都谙熟得很,绝对是野生动物们望尘莫及的。游戏规则对他们来说是一种摆设,想讲就讲,想弃就弃。他们更像是无道的商人和"诚实"的政治家。

生物学家常常慨叹,人类比野生动物复杂得多,也狡猾得多。由此看来,面对人的问题,生物学家们也解不开。

人心险恶,江湖难混。我们在这个世上,活得很难,不仅要洞悉人性,也要洞悉兽性,还得了解生存法则的多样性。有时看似聪明的举措,到头来却常常以失败告终。所以,在这人的世界上,谁跑赢谁,真的很难说。

处世原则

人近半百，我对自己以往与人相处的方式做了个小结，归纳为"四人原则"：人情相与，与人为善，善悉人性，性己及人。这四个字的每个序位中都有"人"，我称之为"以人为本"。

人情如水，需要往来流动。"人情相与"才有做人的光泽，流动往来才有生命的乐趣，情的味道。静止易生固化的外壳，固化则是隔膜的发端。人情相与，才会焕发出人情的滋味。而人情只有流动，善才会喷涌，所以佛经上说："天上人间，为善最乐。""与人为善"是人之最乐的本源。以善为源，生命的疆界无边无际，生命的妙趣无所不在。而人自己要为善，但万不可将此放之四海做准绳。人对自己要有高境界，而看人待己则要从人性的低处出发。处世也有境界，要多看到人性深处，多为他人着想。此所谓"善悉人性"是也。如此人情则有基础，友谊方可长久。如果遇上与自己有同样想法的人，便可称知己。我等以手加额，可以庆幸，因为人生知己得一便足。观点不同，亦不失为朋友，甚至好友，因为"君子和而不同"。孔子说："己所不欲，勿施于人。"倘若能进一步，"性己及人"，以对待自己的态度来对待他人，那样的人更是伟丈夫，真君子，能立天地之间而不倒。

另眼看牛

都说牛是温顺的动物，但一次看了《动物世界》后，我有了另外的感受。

非洲盖伦盖蒂草原雨季结束后，角马迁徙，追逐鲜嫩的青草而去，而留在当地的是体型更大的野牛。这体型庞大的动物并不好猎杀。狮群多日未有战果，已经饿了几天了。

一次，狮群再次进攻，无意间竟将攻击目标对准了领头的野牛。那家伙比一般的野牛更强壮。狮群几次将牛王从牛群中分开，三五只狮子上前围攻撕咬。每每在牛王精疲力竭时，牛王的几只嫔妃便会出现，将狮群赶走，把牛王护围起来。如此三番五次，几只狮子围攻一头野牛竟未能得手。领头的野牛在嫔妃们的保护下，鲜血淋漓，且战且退，回归牛群。不料就在这时，野牛群中的二号头领冲了出来，用角猛攻顶头上司，将早已气力用尽的领头野牛从牛群中赶了出来，掀翻在地，并一次一次将已经倒在地上无力再战的牛王用角顶着、赶着，滚向狮群。狮群趁机再次上前围攻，终于将领头野牛杀死。

这个镜头，将我先前脑子中的牛的形象彻底颠覆。野生状态下的牛们还有如此不为人所知的另一面。看来，牛有时并不善良，野牛更是。二号野牛为了夺取王位，霸占母牛，竟也会利用狮子进攻的机会，趁火打劫，落井下石。

　　人类生活中的各种现象，在动物世界中都能找到踪影。动物相对而言更直白，人有时还要伪装一下。但人到了不要伪装的时候，则比动物还动物。

习惯皱纹

我们来到世上，就是为了经历生活。生活就是经历一个过程，这过程包含时间上的生老病死，功名上的毁誉成败，生活上的甜酸苦辣，情感上的喜怒哀乐。

它如同走路，从一个原点出发，一步一步走出去，不断延伸。时又返回，重新开始，再又出走，不断延伸，不断交叉，形成一张渔网。这张渔网印在纸上，叫作履历；这张渔网印在脸上，就成了皱纹。

经历丰富是好事，但人们又不喜欢皱纹。仿佛皱纹会绊住他们的脚，使他们滞留在原地。更怕皱纹捆住了他们的心，让他们失去自信。人们喜欢内心丰富多彩，表面却光滑鲜嫩。但世界上哪有这样的美事呢，我们又不能冰镇半世纪再出笼。

习惯皱纹，就是习惯阅历，习惯我们的生活；习惯皱纹，就是对风霜雨雪的相适，以及对世态炎凉的看淡；习惯皱纹，就是对人生的宠辱不惊，和对生命消逝的了无牵挂。如此，就让皱纹皱去吧，就如同把道路纠结成网络。我们都生活在这个网络中。人生就是一个网络。

我们的眼睛像源泉，皱纹就是渠道。日历从中掀过，智慧从中流出。我们的眼睛也是湖泊，很多支流顺着皱纹流入，让我们的眼睛从清澈好奇变为沧桑智慧。

初见皱纹，我们惊愕而且焦虑，千方百计掩饰，但所有的掩饰都以失败告终。时间长了，失败的苦痛便淡然，我们就不在乎失败了，反而在乎这失败的成本是如此之高。时间过得再久一些，我们反而以为皱纹本身就是一种资本，有如满头黑发中的一根白发，那是多了一种花色，是一种变化，是走向成熟的标志。

皱纹是生理的缓冲。有了皱纹，泪水不太容易从眼睛内角流出，而多从外角溢出。这种溢出，却因有密布的胡子而不易一下子流到腮帮。

皱纹更是心理的缓冲。有了皱纹，我们就有了心理上的张力，所有的压力不会全部落在我们的心上。甚至，从我们皱纹密布的脸上，你看不出任何压力。

有皱纹的眼睛是审慎的。人的眼睛大多是有了皱纹才更深邃。皱纹是思想的火花，呈发射状，可以包涵整个世界。

所以，我们不要担心皱纹。尽管去生活，让皱纹延伸去吧。生活本身就是我们的网络，组成我们的皱纹。

我们习惯生活，习惯皱纹。

有皱纹的生活是美丽的。

习惯白发

　　生活是七彩世界。彩色的世界调和到最后，就呈白色。白色也是一种颜色，是生命到最后与生活讲和的颜色。

　　许多人伤悲白发，以为这是人生的暮年，其实大可不必。我们反过来思忖，一头白发，不也证明我们活得那么的长久，而非夭折么。青春永驻是不可能的，若有也只是标本。所以白发是履历的证明，我们大可以用欣欣然的姿态来迎接它。

　　聪明人是不怕白发的。白色是一切色彩的衬底。它是时间的漂染，也是阳光的积淀。白发虽白，却是人生浓墨重彩的一笔。缺少这一笔，许多人的以往人生几乎轻为随意的涂鸦。

　　白色的头发看上去质量最轻、最细，它意味着超然、淡定、解脱，因为它明白，任何绚丽色彩的归宿，都归于平淡。

　　白发是阅历，是人生。有些人，把头发染黑，实在是不解人生况味。不该上心的事不要去上心，必会到来的事就笑颜相迎，这样的人生才精彩。何况白发的心境有一种趣向，长着满头白发的眼睛看世界，满眼都是美女。

　　白发也代表一种力量，它是挡不住的。起初我们看到白发，都会拔之，但最后总是我们向白发妥协。即便染了颜色，但它根部的本色依然不能动摇。到最后，我们彻底投降。所以我们大可以任其自由地生长。

　　白发最软，像是心灵的折射。人老了，心淡了，头发的色彩就消失了。但不要以为他们弱了，其实这才是他们内心坚强的本色，因为白发是人生的资本。贝聿铭说：他遇到困难是不低头的，只不过如竹子弯弯腰而已。

　　没有白发，本身就是缺憾。海是不属于中年人的，这里不是青春酮体展现的场所。同样，暮年而光艳，违背了自然界的客观规律。而白发，是成熟的最明显的标签，一如稻子的低头。

　　我有时甚至会以为，白发的淡然的心境，是世界的本原。你看，树叶到老了，色彩就变浅了。头发到老了，就发白了。甚至月亮到了夜里，也白得更明显了。

　　我们最该担心的是老得太快而智慧长得太慢，而不是头发是否变白。白发本来就是时光在生命的年轮里，在智慧的海洋中过滤的结果。

　　人生不到白发而终，是为夭折，那是人生的悲哀。

节日甘当手提包的我

平时的休息日，我完全支配我的时间。到了节日，则由夫人把控。节日里的好男人，我以为就是女人的手袋，女人走到哪里，手提包被提到哪里。想放就放，想提就提，想打开就打开，想放什么东西也任意。

手提包是女人不说话时的语言。英国女王的提包就是她的暗示性语言。当女王和客人们一起用餐时，如果她将手提包放在桌上，就意味着她希望在 5 分钟之后结束用餐，离开现场。王室仆人看到女王的这个信号后，就会暗示客人，女王该休息了。当女王和客人散步聊天时，如果她将手提包挂到自己的一边肩膀上，就意味着她想结束聊天，这时一位宫女就会立即上前加入客人们的聊天，从而让女王在不失礼的情况下悄然离开。当女王参加一场宴会，身边的客人们都殷勤地和她聊天时，如果女王感到枯燥乏味，那么她就会将手提包搁到地板上，向王室仆人或宫女发出"求救信号"。如果女王将她的手提包悬挂在左臂弯处，就意味着她感觉聊天非常快乐和轻松。

我在节日里就是一个手提包，随夫人意，想带就带，带到哪里也随意。要我发挥，我是插科打诨的好手，天文地理的优盘，吃喝玩乐的行家，琴棋书画的赝品。要我闭嘴，我自带电脑，于角落处无声上网。或下围棋，一局棋足把一小时消费掉；或看新闻，许多新闻只是信息的垃圾；或编短信，短信是大智慧者的边角料。若是夫人上街，需要刷卡，我自然早有准备，勇于上前，并有内容。至于小额支出，我口袋里现款也有若干。既然是个手提包，自然也不能太没有品位了，品质当然要好些，最好是名牌。

甘当手袋有许多好处：矛盾消失得无影无踪，平和充盈所有的时间，节日成为真正的节日。

结婚送礼多含义

常州小老乡宋喆结婚，邀请在北京的常州同乡相聚。同乡会秘书长邵梓捷再三关照我们：一定不要送钱，如以为不送不足以表达情谊，那可送些其他礼物。我想了想，以为送酒较好，既可喝又可存。如果自己不喝酒，也可以转送人。最主要的原因是酒有文化。《诗经》中有三十多首诗歌提及酒，占全部诗歌的十分之一。《诗经·女曰鸡鸣》云："弋言加之，与子宜之。宜言饮酒，与子偕老。琴瑟在御，莫不静好。"闻一多《风诗类钞》说："《女曰鸡鸣》，乐新婚也。"

在家里翻出两瓶酒，一瓶是茅台，2004 年的，至今已经有七年了，一瓶是从境外寄运到北京的原装红酒。我以为这两瓶酒有这样的寓意：茅台是国酒，有国色天香之美称。新娘兼有山东大嫂和浙江佳丽之风韵，以茅台誉之很恰当。七年的茅台，是希望他们婚姻的第一目标至少要闯过七年之痒，后面是否还有十来个七年，以待时间检验。婚礼在 2011 年 12 月举行，茅台酒闯过七年只差三周，马上就到八年，而他们的婚姻才刚刚开始。我希望他们的婚姻如这瓶茅台酒，轻轻松松就能闯过七年。原装红酒的意思是希望他们的婚姻一辈子都是原装的，中途不要重新灌装。台湾美食家焦桐称赞红酒"此酒不浇愁"。岂止不浇愁呢，西方人把上品红酒称之为上帝送给人类的礼物。美丽的新娘不也是上帝送给宋喆小同乡的礼物吗？所以婚礼送酒最是相宜了。我送的红酒因为是用飞机寄运到北京的，所以外包装拿掉了，代之以在瓶外裹上了一层海绵，防震防碎，这也是为他们的婚姻加一层保护。

酒一白一红，还有这样的提醒：生活告诉我们，凡事皆有可能，问题在于如何把握。把握好了，一切佳酿都是美酒。"两人对酌山花开，一杯一杯复一杯。"把握不好，那红酒、白酒都放在那里了，任选一瓶都有不同的寓意在里面。到那时，便是阮籍长醉不醒也无以解忧了。

提酒出门，往地铁站而去。地铁比汽车环保，环保事业得从自己做起，从小事如少开一天车做起。在地车站下阶梯的时候，也许是喝酒心切，我一个惚忽，把两个台阶看成一个台梯，踩空了，摔了一下，结果茅台还完整，一瓶红酒却摔坏了。看着一点一点流出来的红酒，我有点纠结，是否要回家换一瓶。后来没有回家换，一是因为家里从境外寄运到北京的原装红酒仅此一瓶，其他的红酒再好也无法表达出"原装"这层含义。另外，这稍有点不幸的事正好产生了另外一层意思，它告诉我们，日子就是要一天一天地过，一天当作两天过，或者两天当作一天过，都有可能摔倒。我们的前辈不也是这样教导我们的吗！再者，不要以为在酒瓶外裹上海绵就万事大吉了，重要的还要看看底部是否牢靠。根基不牢，地动山摇，事实是最好的证明。好在年头更长、包装完整的茅台还在。想到这，我就把漏光了红酒的空瓶子带上了。酒不在情谊在，况且还生出了许多寓意，这寓意本身也是很有意义的礼物。

婚礼开始了，我一直在等着司仪邀请参加婚礼的朋友发表贺词，但整个婚礼的进行过程中并没有安排这个环节。这再次证明，生活中总是有令人意想不到的环节会与当初的设想相悖。我很遗憾自己的这个"深刻的寓意"无法当众说明。但酒的社会作用是很大的，《酒经》的作者宋朝人朱肱说酒能"礼天地，事鬼神"。所以我把这次经过写成文字，通过文章把我的酒礼之含义"深刻"地表达出来。

奢 侈

多数世人以为的奢侈，是时髦的有钱"使劲花"。而奢侈品，仅仅是可用金钱买来的昂贵消费品。

我意不尽然。那些用金钱换来的"奢侈品"，只不过是昂贵。昂贵与奢侈并无多大关系。人们所拥有的钱财是个不定数。对有些人来说属于昂贵的东西，对另一些人来说并不值多少钱，甚至还有人会将其视为粪土。而对那些常在网络上感叹大大地拖了平均收入后腿的人，上两次馆子也属于破格消费。

对于奢侈，钱不是重要因素，甚至不是因素。对有些人，一掷千金是件非常随意的事情，无需时间，也不费工夫，且并不影响他们在银行里的存款数字。所以，钱并不代表奢侈。钱再多也并不能让人多活一天，除了换个器官可以延长人的若干时间的生命外。但换器官的人有长寿的么？世上真正的长寿者多与财富无关。

我以为的奢侈，是能将时间不计量地投入某种"无用之学"和"无用之物"。时间就是生命，生命只有一次。每个人生命的长短有个基本的定数，过一天少一天。肯把大量的精力、工夫、心思，特别是时间投入某种"无用之学"和"无用之物",才是真正的奢侈。这般奢侈很可能没有结果,而这般奢侈若有结果,那才是奢侈品,因为它是用时间和生命磨炼凝成的。真正能在这个社会上保存下来并传承下去的常常是这样的"奢侈品"。

　　时间才是奢侈的重要因素。对于时间,我们既要学会精打细算地使用,又要敢于不顾一切地豪掷。对自己喜欢的学问与事物,哪怕"无用",也要大大地奢侈一把,义无反顾地投入。生命的价值大多在这种过程中得以体现,也只有这样,才对得起自己的生命。因为,每个人的生命都带有使命。

马上行善

春节人们入庙进香拜菩萨，很多人都希望菩萨保佑"自己发财""官运亨通""全家健康""孩子考中"。有这个愿望当然很正常。菩萨是善人，他会帮助所有人。但菩萨也是有心人，他会更多地帮助平时对他人常常施以援手的人。平时对人一毛不拔，甚至对菩萨也是一支香不进，只是到了春节，烧了一支香，就要菩萨保佑发财、长寿，这岂不是对那些心存善念、常常施舍给他人的好人们很不公平？

有人出门遇雨，向雨中的菩萨求伞。菩萨说，我们菩萨出门也得带伞，也得自度。菩萨都认为求人不如求己，我们有什么理由更多地要求菩萨呢？我们凡夫俗子，又有点向善之心，就要像菩萨一样，要自度。有了自度之心，就不会要求菩萨保佑自己发财了，而是要求菩萨保佑自己像菩萨那样做更多的善事。

一则故事这样说，有一个人出门，路上车坏了。一个路过的善人帮他修好了车。他给人钱，善人不收，只是希望他以后遇上同样需要帮助的人时，出手帮人一把。他按此要求做了，发觉自己很幸福，于是希望被帮助的人以后遇到有难的人也能行善。善意、善行就这样流传开来。如果我们相信菩萨，就应该相信报应，就会行善。善积多了，你根本就不会求什么回报，满心、满世界都是幸福。今年是马年，"马上发财""马上有对象"成了流行语。我认为，这些愿望都不错，但都不如"马上行善"。

令人痛恨的糖尿病

糖尿病让人很不舒服。有些病，生了也就生了，病好以后跟原来也差不多；好不了则是天意。但糖尿病不是这样，一是它似乎永远好不了；二是它老是有意无意地提醒你，这个少吃，那里注意，让你总像是夹着尾巴做人似的，一直提心吊胆。我把这提到一个较高的高度来看待：糖尿病令人不爽的地方就在于不让你本色做人。

人生在世，要过得幸福。幸福的标志之一，是灵魂的自由。自由的灵魂，一定是本色的。只要无害于社会，做人还是本色一点好。不本色，人类就像是滋生了尾巴，像大尾巴狼一样狡诈，像长尾巴猴一般折腾。又会夹紧尾巴，仰人鼻息，看人脸色，如同地面上的哈巴狗，树枝上的变色龙。糖尿病就有这么大的作用力。

许多糖尿病患者的生活与苦行僧无异，我就是其中一例。我本来对烟酒茶均好，量不大，但俱沾，现如今只好向量更少的方向发展。我本来相信生命要适度运动，现在几乎成了暴走族。我本来是个美食家，到什么地方去，打听的第一个内容就是当地有什么美食。现在，我早上吃燕麦片，中午煮一碗青菜，晚上吃一点点粗粮。我的味蕾已经退化了许多，我的胃也已经委缩了许多。生活无趣莫过于斯。我很想放开一点，但有所顾虑。老父母健在，你得让他们过得舒心一些。老婆才跨入中年，刚刚卸下生活的担子，你得让她过得好一些。孩子在国外上学，你得交那价格不低的学费。现在一些上了岁数的有退休金的人说：活着就是生产力，活着就是效益。我看这话对糖尿病患者来说更是如此。他们是家人们的效益来源，而他们本人的生活一点也不精彩。他们与美食无关，他们与瓜果无关，他们好像也与丰富多彩的生活无关——定时吃饭，定时吃药，准时得如同时钟。

少吃少喝，人类活在世上就是为了这个吗？如果不是为了享受生活，我们来到这个世上干什么？难道只是为了工作，耗去地球上许多不可再生的资源，纯粹去为了工作？工作是肯定的，但糖尿病患者只与工作有关，而与享受无缘。

生活肯定是为了追求过幸福的日子，但糖尿病患者如我与此无关。我们只是为了活着，多吃一筷也要掂量一下，少走一步也会嘀咕几声。要是忘记了吃药，好像马上就会不行了似的。

不本色，毋宁死。我不听这个邪，我要按照自己既有的方式生活。喝茅台，抽中华，饮龙井。量不要大，但质一定要好。海鲜要生猛，菜蔬要新鲜，瓜果要可口。现在托改革开放的福，好不容易生活好点了，如果因为血糖高了点，就把自己的手脚捆住，那不是作茧自缚吗？那我们现在的空气比以前差了些，我们难道还不呼吸了不成？当然我们也不能当蛮汉，要以科学的态度对待。对糖尿病，我的方法是把它放在脚后跟，既重视，也藐视，更不让它左右自己的生活。迈开脚步，本色做人。要行走得快点，让血糖的增高速度永远也赶不上自己生活的脚步。

收藏不可收了东西失了良知

古话说，盛世珠宝，乱世金银。这话至少现在不准确。目下中国，什么都收：收破烂，收地沟油，收美女，收权力，收金银，收文物，收珠宝，收字画，还有人收明星的毛发。偌大国土，几乎到了凡物皆可收之地步。

上述所议，有些是收而不可藏之，如破烂，如地沟油。这是要及时出卖变现的。有些是收后定会慢慢贬值，如美女，如权力。但美女和权力即时的价值极大，把玩的过程正是无比享受的过程。有些纯粹是满足个人的怪癖，如收名人毛发。此物在增值贬值之间，日后如能任意克隆，倒也是稀罕之物，但这可能性不大。有些则收后可以"捂盘"，它会随时间推移大幅增值，如文物、珠宝、字画。正是这无穷大的利益，让一干人等"揭竿而起"，树起收藏的旗号。

造成这种情况，是各种力量的合力所致。雅士为满足嗜好而为之，平民为追逐财富试可能，媒体为吸引眼球作推力，盗者为获取暴利起黑夜。

收藏本是文化，是阅读，是财富，是幸福。最低的等级也应该是知识的买卖、嗜好的满足、兴趣的交换、理财的手段。它可以保护文物，滋养性情，有道得利，传承文化。但在目前功利主义、拜金主义甚浓的风气中，它的成长环境被彻底污染，就像是在成为胚胎后吃了副作用巨大的药物，出生的必定是怪胎。

现在，收藏成了对财富的无度贪婪，抛一赝品而得暴利，而售假者可以堂而皇之，美其名曰拍卖法规定可不负责任。收藏成了对古墓的大肆破坏，地方政府也积极参与其中，以为可以发展旅游业，让死人为活人挣钱。收藏成了对文物的恶俗做假，目前已经成了一个行业，正在光天化日之下行走四方。收藏成了对良知的任意践踏，所有的破坏，所有对良知的泯灭，都在保护文化、收藏文物的旗号下进行。

故所以，所谓文化收藏，无法良语化文；所谓阅读收藏，少有精神提升；所谓财富收藏，无非换得暴利；所谓幸福收藏，多为出卖良知。

无度进行，良知或失。无序发展，物极必反。